随
海

FOLLOW THE OCEAN

李天奇 著

长江出版传媒 长江文艺出版社

图书在版编目（CIP）数据

随海 / 李天奇著. -- 武汉：长江文艺出版社，2025.3. -- ISBN 978-7-5702-3970-2

Ⅰ．I227

中国国家版本馆 CIP 数据核字第 2025WW0014 号

随海
SUIHAI

责任编辑：王成晨	责任校对：程华清
封面设计：李　鑫	责任印制：邱　莉　王光兴

出版：长江出版传媒　长江文艺出版社
地址：武汉市雄楚大街 268 号　　邮编：430070
发行：长江文艺出版社
http://www.cjlap.com
印刷：湖北新华印务有限公司

开本：880 毫米×1230 毫米　　1/32　　印张：9.125
版次：2025 年 3 月第 1 版　　　　2025 年 3 月第 1 次印刷
行数：4472 行

定价：42.00 元

版权所有，盗版必究（举报电话：027—87679308　87679310）
（图书出现印装问题，本社负责调换）

目 录

鹤云游

在云巅里牧羊 003
考研的日子 004
琥珀色的光 005
读书日记 006
石像 007
横店的黄昏 008
作家 009
拉煤车的骆驼 010
我是个大魔王 011
地铁二号线 012
江汉关的钟声 013
深夜捉蝉 014
田野中的酒 015
深夜抢收 016
候车大厅 017
辞旧年 018
挑水桶的老人 019

020 一个麦粒的哀伤

021 麦地抢收

022 读阿赫玛托娃

023 扬子江的夜

024 麦田里的女孩

025 茶

026 草原

027 童声戏

028 月光舞曲

029 草丛风动

030 情人节随想

031 冷雨

032 牵只柴犬

033 月亮女神

034 浊酒杯

035 车窗上的蚂蚱

036 云翳记

037 我乘扁舟去

038 乡道

039 灵魂之重

040 渡口对岸

041 小镇

042 月光为伴的夜

043 稻田

044 断代史

045 昏黄的灯光

我的娘 046
月桂的秋 047
爬山虎的伤痕 048
清晨的沃野 049
馋酒的猫 050
山峦雾霭 051
稿费消费日记 052
云 053
彩色玻璃窗 054
四线城市 055
戏和生活 056
租房日记 057
码头，码头 058
轻言时间的人 059
八分山的晨 060
苦女人画像 061
武汉市民 062
旧广场纪事 063
深夜长歌 064
向北的列车 065
田间的诗 066
放风筝的人 067
天空中的麦场 068
黄昏的树林 069
抢水日记 070
悲秋词 071

天知曲

075　台风来的夜

076　雾霭

077　花束

078　情信

079　故土

080　清晨

081　信札

082　楚巷

083　泸州酒的夜色

084　泸州：因酒相逢

085　草果

086　成都

087　晚风

088　车站

089　丁达尔

090　举杯

091　夜晚的信

092　时间书

093　深秋

094　春熙路

095　下次见你

096　海上钢琴师

097　渔船

雁阵	098
信中的褐土	099
海的尽头是海	100
巷口处恋爱幻想	101
知了的求爱信	102
稗子的信	103
随信的麦粒	104
风有情	105
桥的时间	106
傍晚六点时分	107
盐碱滩上	108
梦庄周	109
笔下书情	110
夜思	111
追雾者	112
雁过	113
秋鸟	114
滞后语	115
恨晚风	116
伤悲句	117
朝阳东路	118
月下泉	119
水调歌头	120
黄昏舞曲	121
凉飕飕	122
江水两岸	123

124 东湖窄巷
125 江风拂面时
126 若是久长时
127 致你一封关于东湖的信
128 日记本扉页
129 酒桌上的演员
130 黄河支流沿岸
131 云碎裂
132 树林里风作响
133 雨珠落下
134 镜中人
135 好久不见
136 田野中的黄昏
137 玉石
138 穿素白裙的女孩
139 江水
140 烟如波
141 无礼喧闹的风
142 聒噪地
143 草木皆兵
144 沉闷的云
145 黄土岭
146 尾迹云划过田野
147 天空蓝调时刻
148 邂逅
149 花树

白鸽速记 150

东湖，东湖 151

云霞铺在田野上 152

草种明信片 153

风萧萧 154

诉我所爱 155

雨下了一整晚 156

粉色云霞 157

人民公园 158

列车穿过山岭 159

告别长江 160

钟摆在响 161

一个陌生女人的来信 162

无语之境 163

晋女 164

月台速写 165

半晌空欢 166

结局 167

城市的黄昏 168

公园附近的路 169

楚地伤心笔记 170

月光入眸 171

幸好有诗 172

诗的王国 173

白色的鸟群 174

东湖恋爱笔记 175

176　凌波门的黄昏
177　寝室楼下
178　夜幕中的晚星
179　梧桐大道
180　千言万语
181　荆州的傍晚

海无声

185　鼓
186　沉默的扬子江
187　江河在夜晚变黑
188　列车向南
189　成年人的世界
190　古巷
191　珞珈山下
192　广埠屯的雨
193　黎黄陂路
194　地铁站中的灵魂
195　雪覆枝头
196　隧道的墙壁
197　胃痛的夜
198　拍戏的凌晨
199　深夜，收到母亲来电
200　戏剧舞台
201　江上的图腾

陌生城市 202
举收音杆的人 203
拍戏结束后 204
农民工诗人 205
礁石遇雨 206
夏日海洋馆 207
城市森林 208
夜深梦事 209
渡江的船 210
沉默者诗章 211
阴雨中的麦田 212
寄父文稿 213
墓碑 214
拥抱麦田的人 215
特技演员 216
故友重逢 217
深夜航班 218
醉与编钟乐 219
沉默的土包 221
树的印记 222
长江大桥 223
田间闲步 224
忌日文稿 225
麦穗 227
江上船游 228
田间鸟的哀伤 229

230 游荡的三只狗

231 江水走了……

232 车窗外

233 独坐江岸的女人

234 老者

235 高架线上的星辰

236 凌晨的航班

237 月光下的诗人

238 夜的时刻

239 写诗的人

240 轮渡

241 夜深

242 秋日辞

243 草木之言

244 背离城市

245 芦苇在风中摇曳

246 静静的夜河

247 静谧的人间

248 雨落入眸子

249 计程车上

250 日落的海滨

251 路边烟酒摊

252 香樟老街

253 望秋山

254 枯叶散落在地

255 夜行船

夜晚的酒 256

人间便利店 257

晚风里的麦香 258

游荡 259

台灯下的诗人 260

东屋记忆 261

梅雨 262

大梦 263

背靠车厢的人 264

焦虑的夜晚 265

烟客 266

两副面孔 267

云 268

夜湖 269

迷离之夜 270

钢琴乐 271

舵手 272

作别 273

致读者:一个理想主义者的独白 274

鹤云游

▼

我的一生是一场从未下完的阴雨
我是一朵雨做的鹤云
——《云翳记》

在云巅里牧羊

羊群如倒映在水中的银河
缱绻走向,一处隘口的坡地
红旗渠,沿山脉变更走向
渠水悠悠,藏着两扇铜色的坝门
注视太行

在河口,画学士用颜料绘制图腾
关乎幸福的底色,一如凉心的清茶
让我不敢任性
牧羊人的鞭子转出黑夜
我还在行走,像低下头赶路的犬狗
在黑夜的云巅里牧羊

考研的日子

下课后，拖着疲惫的身子
台灯闪出晃眼的光
打开电脑，平静的沉默夹杂叹息
是一个人傍晚的常态
打开文学史，昨日的复习
好似已经有些忘记
索性再学一遍，反正
每一次都会有新的收获
反正学习的过程，就像一场
有目标的马拉松
远方的远方是理想
近处的沉默，是生活

琥珀色的光

昏黄色的光照入我的眼眸
黄昏,田中的景象和往常没有什么不同
鸟依旧不知疲倦地飞
树依旧不知疲惫地摇
我依旧牵着一本诗集,从田头
走到地尾,再抬头看看
远处缓慢移动的云
其实这样的环境足够静谧
往往此时
我会幻想自己是一棵麦子
在风的呵护下,轻轻地摇

读书日记

耶麦的、狄金森的
书桌上的书已看过不少
却总感觉,内心有无法言喻的悲
许是人间的秋色太过寂寥
许是,我一个人的沉默
比良宵还要沉重,日记簿
早已挤满潦草的诗句
悲情的谎言比誓言还要真诚
关于文字
每个诗人都是炉火纯青的高手
只不过有的人喜欢高歌
有的人,习惯悲痛
而当这些文字被编纂成集
即使不相信神明的人,也会
为他们相通的生活落泪……

石 像

石像姓甚名谁，多年
已无法分辨。只知它人形模样
在巷口像古寺的钟

孩子们常结伴攀爬
以翻山的意志
在时间里越岭。曾经
我也是这样度过
石像南侧的鼓楼上
常有盘旋的候鸟
它们翻越长江，然后
停在北方的天空

我翻开日记，像翻阅
一份琥珀色的简介
上面记录生辰
和石像死去的青春

横店的黄昏

在山间的浙中小城
我唯一能想到的不是绚烂的烟火
也不是,那些名导演的影片
他们的成绩与我无关
作为外来人口
我只想用晾一杯茶的时间,来
参观镇子的晚霞
镇南有个老旧的体育馆,我在附近
用粗粝的手掌翻阅博尔赫斯
他的诗句,像一道岁月的谜题
当我越想仔细看懂
它便成了横店的黄昏,是的
所谓诗与生活的关系不过是,一杯茶
退温的时间

作　家

当我拿起笔，书写小孩时的梦想
我首先认为它是一首诗
在岁月的河里
简短的文字更有吸引力
它更贴近于地表
更贴近于谎言背后的真诚。有人说
在缪斯死之前有段极美的舞蹈
她只跳了一次
史学士将它称作童年，后来再无人见
我抖抖肩
尽可能让这些年的事情真实
作为编撰文字的人，有时也是在
编撰合理且适合阅读的谎言。有些人沉迷
有些人想要提笔
有些人想要成为作家
好似这样就会有万种魔力，来代替
青春腹地里因为信念所留下的伤痕

拉煤车的骆驼

那年冬天,拉煤车的骆驼
会从小镇的南头拉到北头
再到我家门口
将乌黑的煤块或蜂窝煤
码成高高的煤山丘
此刻我会戏弄那匹骆驼
它耷拉的眼皮像
披雪的松树叶,其间有
生活和疲劳的交错
生死疲劳,我说
在冬日世界里我们每个人
都是那只衰老的骆驼
在人间的城镇里,将岁月
慢慢熬成寂静的冬

我是个大魔王

我是个爱幻想的大魔王
我总是想要让一切的事物发生改变
我想要给小狗插上翅膀
我想要,小鸟可以感受水的温度
我想要我是个诗人
这样我就可以用浓缩的话语
去暗藏辽阔的意义
可我是个魔王,我生下来
就是要做一些事情的
黄昏时我就站在大桥上呐喊
夜晚我就在小酒馆喝酒
我对那些跳动的酒花说:
"我是个魔王,现在我命令
你们去征服我疲惫的胃腔!"

地铁二号线

二号线是我常乘的,它串联火车站
景区和我寄居的学校
当我第一次来到武汉时,母亲
曾在其间转悠了很久
她说,这地铁何时能通到我的故乡
我的故乡在很远的地方,那里
没有地铁,也没有高架桥
只有一望无际的田野和麦子
玉米所生长的身影
我和母亲曾在禾下乘凉。而现在
每当我在这站内乘车时
总感觉自己
像一具可以随意移动的货物,从东向西
再从中南路,转乘四号线
去往有列车经过的地方。母亲啊
你可知道我也无数次在夜晚想你
每次做梦时,我就幻想这轨道
可以跨越鄂北的山岭,一觉醒来
我就可以看到你

江汉关的钟声

钟声响起,时间又进入
新的一轮人间。空荡的街巷上
逐渐有了热闹的意味
一些人从远方走来
又以过早的名义
向生活走去。作为此刻这人间
难得悠闲的人,我独自
静默观看钟响起的地方,又好似
从余音中听到,更多的钟声
这钟声从未断绝,从未
有任何的衰退。我蹲下身子
又用手摩挲眼前的风景,楼宇
已经没有那么高了
琥珀色的江上,木桨划破水流声
和纤夫们的号子声
正清晰刺入我的耳膜
这是上个世纪
我的老师曾从远方来此读书
他拖着单薄的身子,与这城市画押
而内容是:
为教育,奉献自己唯物主义的一生

深夜捉蝉

知了的叫声在林间环绕
雨后的夜晚
最要担心泥泞的低洼处
那些弓身的蛇
正躲在树林的暗处
所以要跟着年长的孩子,跟着
手电筒所能照到的地方
而人影憧憧
在灯光的背后被无限放大
未眠的飞鸟
正撕扯着喉咙鸣叫
这是夏日一个凉爽的夜晚
我仿佛听见蛇的动静,正在风
吹过的灌木当中窸窣作响——

田野中的酒

夏日的夜,麦子还没有收割
堂哥带来几瓶酒
就着从市场买来的凉菜,便是
我们的晚餐。其实这没有什么不好
其实如果再有两只发烫的咸烧饼
会更好。而这茫茫豫地的夜
远处的天空好似一个新的世界
酒意朦胧时眯眼看
月亮在主宰它的领地,星辰
也自有其命
而我们命运的曲线,又该
向何处延伸?堂哥举起酒瓶
我也举起
理想这种东西好像就是这样泼皮
放下酒杯时就会想起——

深夜抢收

其实还没有真正地下雨,天空中
也没有看见积蓄的云
甚至傍晚的时候,还能隐约看见
月亮的牙尖。但天气预报不容置疑
或者,是干燥的麦子
已容不得这般在地里豪赌
便决定夜晚抢收
收割机是不愿意的,只能加钱
又附和许多好话才勉强同意
深夜,用镰刀收割河畔洼地里的麦穗
深夜,小腿被麦子划出血痕
深夜我母亲的帽子丢失在荒野
深夜收割机将麦子泻到院子的棚里
我们的骨骼瘫软在地,只听
"轰隆隆……"一些农户正拿着镰刀
往地里跑去——

候车大厅

候车大厅,里面的人并不多
这是楚地的一处小站
今天,只剩下最后一班列车
作为同样疲惫的旅人
人们脸上
都已经显出困意。一位老妇人
此刻正反复看她手中的手机
许是担心时间错过
许是和我一样
以将手机反复掏出口袋的方式
来缓解寂寞。有时候
手机那头并没有太多信息
短视频,也早已看得乏味了
作为这城市里
同样孤独的两人
我看到她急促的样子,很像
我母亲第一次坐高铁时的模样

辞旧年

年过去了,家里又冷清起来
我也即将去外省读书
只剩母亲一人坐在沙发上
冷寂地发呆
这个善于沉默的小老太太
总是嘴比任何人都硬
面对关于离别的话题,她总是
有着落落大方的坦然
仿佛在新的一年里,生活
会与过去有什么明显的不同
而我却知道她的脆弱,知道
她口中的无所谓是何种在意
知道当阿姊离家后
她是如何趴在阳台上偷偷抹泪
而现在我走出家门
来到小区门口
回头望,那小小的窗户里,正露出
一个思念孩子的女人的脑袋

挑水桶的老人

挑水桶的老人,他的田地
在距离河流最远的地方
而此刻,他摇晃的样子像
一头蹒跚的老牛
挑水桶的老人,心中的话不多
当年分地时,他宁愿
要这一块最差的田地,苦点
并不担心,人最怕穷
有时他会把水桶放在地上
就像是把生活,从肩上放下
给生活一根烟的时间,让岁月
慢一根烟地老去

一个麦粒的哀伤

我的体肤贴在土地上,像
一个因生活沧桑的老人,正呆呆地
看着满地同类的外壳
风依旧在吹
拂过剩下的麦茬
而昆虫已经不见身影,只剩下我
一个麦粒,在等待死亡的降临
在某一天的雨日
我的身躯,将被埋入泥土之中
我的思维将变得麻木
我以沉默的眼睛,看待
这丰收季背后的景象。来年
我会长成一棵新的麦子吗?
这并不重要,蚂蚁说
我的一生不过是一个神,轻悄地
来人间造访一趟——

麦地抢收

天气预报明天有雨,天已经黑了
我们仍要深入麦田腹地
拿起镰刀,收割河边的麦子
这些,收割机割不到
便只能靠人力,收割机的灯光
照亮整片麦地
又总是,觉得不够明亮
没有人知道
轰隆作响的天是多么可惧
没有人知道
母亲被镰刀割破腿时,是如何
含着泪坚持下来,而这些
当时只记得是很寻常的景象——

读阿赫玛托娃

读阿赫玛托娃的过程,奇妙
又让我的心情充满忐忑
像是在看一个少女的笔记
她的心思敏感,她的情绪可爱
她用轻松的词语编写曼妙的话
她的节奏清晰
每一句都让我对生活充满热情
我爱阿赫玛托娃的诗
就像我爱生活
我爱她比诗还要理想的灵魂
像一颗树上的红苹果
在历史的风中
轻轻地摇,像我的青春
在生活的水波里,轻轻地曳……

扬子江的夜

扬子江,扬子江
扬子江的夜晚比任何时候都要漫长
扬子江,扬子江
此刻在我的杯中摇晃
在我的怀中,在月的光中
在喧嚣的人世间偷行
扬子江,扬子江
像我很久不联系的故人
像我瞳孔黑色的部分
我已很久,没有眼泪从其间钻出
扬子江,给我一封信的时间
我的沉默比以往更长
我的记忆,比以往更短

麦田里的女孩

麦田里的女孩
穿着素白色的裙子
鹤云是她的舞伴,收音机里
正播放着青春洋溢的歌
而女孩的脸上为何,没有波澜?
她的身姿像古画中的鹤
展开的是翅膀,落下的是
日光滑落的铅华
我庆幸于可以在傍晚,看到这一幕
看到这女子小小的忧愁和
如竹林飒飒般的舞声
她为何在此舞蹈,没有人知道
也许是想赠给麦田一首赞歌
来送给,一个偶然出现的诗人
他陌生且易为生活而
热泪盈眶的瞳孔

茶

太阳雨出现时
最适宜在屋内饮茶
倒不是茶有何目的
而是面对姑苏城的春景,眼里
像有出水的芙蓉

姑苏城下,寒山寺在风中眯眼
和味道苦涩的茶更配
杯中有雕栏的影子
还有一只猫,在人间行走时
像懂得万种风情的风

草　原

候鸟,是天边云霞的彩
在草原的腹地
母亲,今夜我没有名字
我的躯体是熊熊燃烧的篝火
是草场隐秘的风声
在荆楚的土地上
日星隐曜,无端的孤寂藏入我心
也藏入沉默着的土地
母亲啊母亲
且原谅我那些懒惰的情绪吧
在时间静止的草场里,此刻我只想
做你笔下的雄鹰

童声戏

戏院内传来楚地的腔调,一女声婉转
似钢刀入耳,又似水波拍浪
便深深被其吸引,耳畔心中
只剩下戏语雨声。这萧瑟的春日
万物俱被春雨的冰冷裹挟,而
这轻悄的声音,让我
想起风过麦浪和树叶婆娑,大抵是
楚戏的名角,或
某位暗自研习多年的雅士
不然为何喉咙如此真挚,了无杂音
便走入,只见一老者和其孙女
问老者可见名角
他憨笑起来,只指向那低矮的女孩
只听她口中有
"过去之事成梦幻,
千万悲怨压心间……"再回首
竟不见两者,只有一红纸灯笼
还在暗语春风……

月光舞曲

月光里,我与一片叶牵手
我们的身躯相碰,我们沉默
手掌递来秋的温度
递来风的动静,比过去
还要冰冷
月光里我的耳畔传来舞曲
我不是在田野,我是在
比任何地方都要嘈杂的舞厅
我足够绅士
我的眼睛足够多情
我看向我手中湿润的叶
它的皮囊松软,已经有
泥土独特的质地。我说朋友
"我们都老了许多……"

草丛风动

风究竟是种怎样的事物
我不知晓,我的一生却与它相像
我在人间游荡
终了却带不走一片枯叶
其实这样的结局也没有什么不好
其实我们都知晓
人的一生,不过是这般无聊
我们用一种叫作理想的事物驱动肉体
又用肉体的乏力,来舒缓
未完成理想的忧愁
在很久之前我们就应当有个觉悟
来此人间一遭
谁也不能永恒地活着,倒不如
为了相爱的人落泪

情人节随想

那些街上游荡的爱情
和我在阴暗处的狼狈形成对比
从前的某年
我从未想过这样的结局
竟是属于我的伤悲。其实
这没有什么丢人
一会儿,我就走出门
给自己买束足够浪漫的玫瑰
在没有人爱的时节,自己
便是自己的情人

冷 雨

冷雨拍打在我的脊骨

冰冷的皮肤,难度量时间的长度

只得不断裹紧衣物

这样的夜晚

最怕传来知心人的电话声

那我该如何忍着哆嗦说话

以证明,山中有让人类温暖的事物

今夜我想不出太多词句

泪水混合雨滴,形成新的王国

在其间我是悲伤的君子

而我册封这世间的所有寒冷

是王的私有

牵只柴犬

江城入秋后,最适合
牵一只柴犬在清晨跑操
其实柴犬是跑不快的
在寂寥的秋色中,它的喉咙
常发出沉重的喘气声
像傍晚云霞中飞机的轰鸣,沉闷
无力,以致某一刻
我也认为自己同它一般
漫无目的地在人间行走
以生存的名义,被命运的绳牵
那些我踩碎的落叶
零落为秋的骨碎,只是我不清楚
下一秒,会不会有一片云
化为脚的模样,踩向我——

月亮女神

月亮女神的王冠掉在江上
碎裂为,水面上流离的星河
碎在我青春又麻木的瞳孔里
而闪出两枚高光
而我不知该如何感谢她的赠礼
该如何致她以礼貌的信函
和爱的示意。月亮女神
她给予了很多人青涩的浪漫
那短暂一刻的温柔,让我
深深久长地痴迷
尽管我知道月亮的出现
并非为我一个
但在寂寥的人世中
愿意短暂予我温暖的人,只有
月亮一个

浊酒杯

故人的话抄满我房间的纸张
挂在房顶上,挂在墙上
平躺在地上
发酵出刺鼻的墨臭味,其实
这又何尝不同于我的灵魂
像阳台上晾晒多年的干腊肉
有时间衰老的气味。今夜
我无眠,月光从窗子探到我的床上
目之所及,满是时间的银霜
这时我的白发便有了根源,这时
我弓着身子,在空白地带
探寻思念的谜底
直到一杯酒被悄然打翻,一阵风
将发黄的纸张,重新吹起为
一场暗含孤寂的狂风骤雨——

车窗上的蚂蚱

时速三百公里之时,车过信阳
原本喧闹的车厢
倏忽安静了下来
人们开始以沉默的眼睛看向窗外
田野和森林变得模糊,黄绿色
像一个迷彩的图腾
出现在每个人的瞳孔。窗上
开始出现细小的雨珠,聚拢之时
便汇聚成新的水团
列车持续向前
风的作用使它有了路径
那些晶莹的部分
像森林中跃出的蚂蚱
正攀爬在我的车窗
母亲,此时你千万不要打来电话
离家的蚂蚱,此刻只想回家……

云翳记

手中的第十四行诗跌入雨水,此时
理想也一同扎入其中
变为虚拟的名词,变为叹词和
旁人口中对于失败的代词
我的名字,不过是我散步人间的称号
我的灵魂却没有重量
它居于云中时便是云,融入泥土
便成为植物的养分
我的一生是一场从未下完的阴雨
我是一朵雨做的鹤云
我苍老得游荡于时间的角落
我漫无目的
人的一生有时好似一场小说的演绎
只不过说话本的人
忘记了自己是个演员……

我乘扁舟去

夜晚长江上的风凛冽，所以傍晚前
我就要动身
就要穿上挡风的衣物，带上
我脑袋中晃荡的才华
就要离去，在漫漫灯火的人间
离开江城的繁华，离开你
江面上树影会交错出网状的纹路
月色照亮波纹时，我害怕岸上
世俗的声音，我想要随江水远去
我沉默得没有声响，我寂静得
不过是身躯在江面的暗影
那些关于功名的鬼话，就讲给
水中的青荇听吧
某某年我离开这座城市，不带走
一片云彩，像多年后我离开人世
不带走人间的一滴咸泪……

乡　道

不知是多少年过去了，那条路
还没有变
又好似豫北的每处村庄都是如此
一条长长的乡路
两旁栽满青绿色的树
它们在此沉默
它们在此等候那些离家的人
从远方，拖着行李回乡。某某年
我离开豫地，去往他乡
某某年我从此回乡，理想
像是丢失了重量
唯有乡路两旁婆娑的树没有笑我
它们给我阴凉，赠我以
田间华丽的乐章，说大不了
将青春时的梦再做一场……

灵魂之重

黄昏时走近玉米田,玉米们的枝干
早已变得挺直。快到收获季了
我对沉默着的田野说,却没有得到回应
作为农人,有时候我习惯这种孤独
有时候,又认为这种景象
是一种对生活的容忍
土地不能知晓的生命之轻,此刻
呆滞在地头,如一个诗人一样孤独
此时风翻过我的鼻翼,一滴
不知从何处来的雨落在我的眉梢
而我也开始随风摇曳
在家乡的田野中
有时候我灵魂的重量
比河流更重,有时候
又比落叶更轻——

渡口对岸

渡口对岸,和渡口这头一样
有很多我这样的人
我们普通,我们在人流中
被其他人的躯体挤压向前
其实上船的路,总是这样拥挤
我的一生上过很多这样的船
每一条,都有很多人和我挤
有的船大,有的船小
有的船我乘坐得长一些
有的船短一些
人生好似一段不断换船的过程
在由生向死的旅途里,每个人
都在渴望与众不同……

小　镇

在山的臂弯间
小镇是个极为朴素的孩子。他的怀中
有青山、湖泊，和朝夕相处的人们

人们耕种，在斑驳的岁月图腾里
耕耘是庄稼人的学问
有些人走出小镇
又有些人走进来
在小镇行走的时候
我常感觉不自然
生活在别人故乡的人，好似
都会有这种偶然的恍惚

月光为伴的夜

晚上都忘了拉窗帘,于是
便任由浅蓝色的光照透窗子
又是一晚失眠的时候
我蜷在角落,思考文学
这样的环境足够美妙
室友的呼噜声,正从靠门处
沉重地传来
以证实在陌生城市的我
并不是那么孤单。我看向那光
靛蓝色中透着浓淡
深色的部分愈深,浅色就愈浅
生活有时候好似就是这样
看得深的人,总是难以理解
那些浅处的柔和与美,并非
只是他们看到的那样……

稻 田

在昏黄的天色里,我的思虑
无非是几棵矮小的稻苗和
江上的帆

稻田依旧青涩,已经出土的
狗尿苔,用沉默陪时光老去
某一刻我感觉自己
被生活抛在土地里。肌肤与红土
融为一体,头顶长出思念的穗

在鲜有人问津的田里,我连沉沦
都仅是一种命运的选择

断代史

书上的断代史,已经有些年头
那个戴老花镜的教授,依旧
在讲台上演绎自己的青春

其实很少有人关注他口中的内容
作为选修课
它只是可供选择的课程之一
但他并不在意这些,对他而言
讲好一堂历史课程
胜过制造出一个不倒的江湖

昏黄的灯光

台灯将桌面提高了两个亮度
其实这样的光亮还不够
但好在已经习惯在昏暗里写诗
那些纯洁的诗句总是这样麻木
可以在任意的环境里存活
在这样昏黄的灯下
我写下关于青春的诗行
那些贴近灵魂的部分有关思念
寂静如，江水流淌的模样
只是书写时我忽然想起
那些年少时的渴望
好似早已变换了模样

我的娘

我的母亲沉默寡言,喜欢一个人
靠在沙发上发呆
像一个习惯思索的文学家
总是用废旧的纸张,来写下
偶然的思绪
母亲以前是极为活泼的
她喜欢,一切与美有关的事物
草莓状的塑料发卡
或是与金子有关的饰品
而现在母亲翻看她的纸张
那些关于思念的话语不断写起
像一首首散文诗,词句并不复杂
感情却足够真挚。自父亲离去后
这样的诗行她经常写起……

月桂的秋

在公交车站牌下等车
等寂静的秋,和枯黄的叶
出现在我的视野之中
而此时几许幼小的月桂
落在我的肩胛
它们模样可爱,米黄色
像是一群其貌不扬的小鸭
其实这样的寂静有什么不好
在浮躁的人间里
有时我们像是一朵月桂
悄悄地,落在岁月的肩胛

爬山虎的伤痕

那时我还住在城中的老城区
生活,和街边的垃圾站
没有什么不同
无聊是长久的底色,其实最需要
一些诗意的事物为伴。某一日
我靠在阳台上读华兹华斯
意味正浓时
发现正冲我摇曳的爬山虎
它们的样子可爱,似碧绿的菜畦
挂在朱红的墙上
像一幕倾诉美好的独幕剧
而我忽然意识到这种平凡的事物
也有着自己的独特之处
尽管它的身上,满是岁月的伤

清晨的沃野

给候鸟一些绝情的谎言
给清晨的雾霭
一丝沉醉的二手烟
趁日头还没有醒来,趁生活
还和往常一样
让我们用渴望幸福的诗句
站在悠悠的河畔,让我们
以沉默的眼睛
看向岁月蹉跎的世间
其实万事万物的缘分终将消散
其实我们的相见,又怎么
不能说是前世的缘

馋酒的猫

阳台上狸花猫来来走走
恰好打翻我忘记拧的酒瓶
窗外的落日映入酒浆
折射出几抹粉红的印花
像路旁惹人沉沦的小酒馆
令小猫为它着迷
它向前弓起身子,又偷偷舔舐
在我的呵斥声中向一旁跑走
转而又扭头回去尝酒
目睹它的好奇心,又想起
时常感性的自己
其实我也是只带有好奇心的猫
总是用试探,来面对爱的考量

山峦雾霭

那些迷蒙者的词句被时间遗忘
古老的誓言,和书籍中的先知预言
也一起藏匿进茫茫的山
在这样的时令里
我独守一个人的心空,将人类
对于情感的纠葛编写成句
将山峦对土地的爱词
也撰写为诗。其实这样的孤独
一个人,总要习惯
总要习惯往事的依依远去
和一个人充满雾霭的前程
若此时我拥有理想,那便可以
将一切的哀伤遗忘

稿费消费日记

又发了一笔六百块的稿费
心里已开始盘算它的支出
快生日了,还是
要再给老妈买两双鞋
她的工作苦,便宜的鞋总是破洞
补丁在上面堆叠出新的补丁
补鞋的痕迹像生活的疮
儿时,这样的景象
曾一次次席卷我心
还好现在不用了
她的鞋坏了,我就买鞋
天冷了,就给她买羽绒服
换了新手机后我们就去旅游
我是别人眼里小小的作者
也是母亲心头大大的作家……

云

一个人的时候
我就幻想自己是一朵云
有云的自由
和不用与世俗合流的宿命

彩色玻璃窗

清晨日光照透我窗
彩色的光在房间内四散开来
像有触角的生物
将日光灵动的思绪蔓延在床单
柜子和我的脚掌
手握镜子,我用它折射的光斑
追逐彩光的足迹
感觉这样的景象十分有趣
那彩色的光像我曾养过的小猫
风吹过窗帘时
便又悄然消失在桌边
我低头,才发现它在我的笔下
它仰着头问我
爱为什么这么复杂……

四线城市

我在,四线城市的阳台上看风景
远处城市的风景也在看我
其实我们之间的距离并不遥远
那些触手可及的草木
正吸引我的灵魂向窗外走去
在这样寂静的黄昏,城市的街巷里
已经有人间烟火的气味
而我从取景器中
看到远处青山的妩媚
在夕暮时候,城市和青山融合
人类的情感与草木交融
包括我年轻的身躯,也成为
这城市的一石、一草
平铺在赣江畔
成为这城市的风景之一

戏和生活

朱墙还是黛瓦,都已经不重要了
在这浙地的小城,我像
一只习惯漂泊的雨燕
在以山峦为背景的世界里
熬过我简短的青春
当我还是个孩子的时候
我曾为这土地上的一切
而感到兴奋,为生活、理想
和关于影视的谎言
而热泪盈眶。如今城墙内依旧有
青春的人们的面孔和
银铃般的笑声,而现在
我撑着油纸伞走在这
寂寥的空巷
我的眼前走过废纸屑、塑料
和一个外来者呆滞的中年瞳孔
墙那头或许是古装剧,我已听见
那不断翻拍的熟悉台词
像重复的生活
正以年轮的方式,在我
狭小的世界里轮番上演

租房日记

有时候,一个人便是一个世界
一个人整理,一个人做饭
一个人,像犯了某种孤独的罪名
被春天的美好排除在外
而这些劳累的事物,比起漫漫长夜
又好似算不得什么
比方说,当我一个人面对
茫茫的黑夜时,便总会认为
这寂寞的城市与我
有某种内在的联系,这时
我会就着台灯翻开一本诗集
看其间埋藏的孤独和
一个人在外漂泊时,逐渐衰老的
年轻,和那些
关于厌倦和灵魂的事物。而现在
我迫切需要一封家信,来替我
燃烧这生活的杂乱和那些
没有源头的烦

码头,码头

背靠码头的路灯,蹲坐时
最适合拿一本诗集来读
阿赫玛托娃是我的最爱,此外
还有莎士比亚的十四行诗
其实生活,有时候就这样简单
累了,我就抬头看看长江
江面的船在缓缓游动,水草
也在随风摇着
这样的悠闲怎能不让人心动
做个闲人,有时候也做个诗人
其实最好的是有云为伴
每一个诗人都需要一片云
来掩藏他的敏感,来掩藏
那无法言说的浪漫和烦

轻言时间的人

母亲,我感觉自己变得愈发劳累
近来我的梦越来越少了
我的脑袋变得麻木
我好像这钢铁城市中的一枚钢钉
人们不轻易察觉我,当然
也没有在意我的悲欢
母亲,我有点想回家了
但我知道我难以回去
见过外面风景的人,总是
难以与故乡的土地融合
母亲,你现在常会来我的梦里
想我了,你就喊一喊我吧
摸摸我坚硬的头
在时代的洪流面前
它比一枚皮球还要松软
母亲,我该去哪儿
城市的灯光常在夜晚照透我窗
我的灵魂被印在墙上
那么轻,又那么柔

八分山的晨

先是云层依次展开
原本漆黑的清晨
逐渐因日光变得透亮
像因时间而善变的我们
在这混沌的清晨
眼泪逐渐变得清晰,远处
山脉依稀可见
低矮的城市
正在雾霭中因生活而变得喧闹
这是如往常一般的清晨,这是
我,一个带有胡子的男人
烦琐复杂的内心
八分山并不高耸
曾经,我们也在此呐喊
那时总认为理想这种事物
可以比苍狗飞得更高

苦女人画像

画廊里有很多的人
很多的人，有很多的面孔
像我平静的脸上，褶皱
又堆积出千万人的面容
它们正在悄悄隐现
它们，正在悄悄
将我的世界与现实隔为两个
这样的准备
在很久以前我就已经做好
苦女人画像，苦女人正伸着手
呆呆地看向我
我感同身受，我沉默
我看向她绝望的眼睛，怎么
其间满是生活的诗

武汉市民

这是武汉,这里有很多的高楼
很多的高楼里有很多的人
我是其中的一个
作为外来人口,房租
是我每个月所要面对的开支
此外还有电费、水费、网费……
这些数不清的账单构成了我的青春
也构成了
我有些麻木的生活
有时候,面对暮色中的高楼
我就幻想自己也是其中的一个
我有武汉人的体躯
武汉人的魂魄,我的口中
有雄浑的楚地方言
当我一开口,便是故乡的味道
但我不能,我的一生早已被命运设定
我的沉默是城市的沉默
我的眼泪是长江的源头……

旧广场纪事

旧广场,广场舞声比往常更硬
秋日喧嚣的叶片
让世界变得更冰冷一些
我牵只柴犬
当然要远离那些小摊位
油腻的滋味不适合诗的灵魂
也不适合长久地深思
我点燃半根香烟
另半根碎在盒里,也许连命运
也在劝我戒烟
今夜的风比往常更冷,今夜
我的眼泪比过去更多
烟举起,才想起好似很多年前
曾向某人保证过戒烟

深夜长歌

和三五朋友在深夜饮酒
餐后手握酒瓶,在人间漫步
其实关于潇洒的话不需多讲
此刻理想,也容易惹人发慌
我们的思绪属于青春的年纪
我们的怅惘关于呐喊
也源于夜晚的酒浆
在陌生城市的夜里我一吼再吼
身旁也传来相应的喊声
此时最适合以诗的名义假装豪迈
在青葱的年纪里
我们都因为渴望爱
而变得满目沧桑——

向北的列车

时间是凌晨
车站内,已经没有太多人了
如我一般的人们,从舷梯上来
然后放下沉重的包裹。也许
是在卸下疲惫
作为寄居异乡的人
我们似善远行的吉卜赛人
以沉默和汗水
穿梭在城市的躯体之中
马上就要回到北方了,华北
我的家乡在那儿
手机里闪出母亲的消息
她依旧如此
爱念叨,重复的话依旧重复
像大屏幕内的京剧演员
唱着岁月的枝丫
闸口处,人头攒动
一些人又重新捡起包裹,像
一只只寄居蟹
轻轻地拾起生活
轻轻地,踏上思念的列车

田间的诗

农民的儿子是个诗人
他总是于清晨,携带一本诗集
向田间走去
田间有一处矮小的土坡
无雨的时候他就坐在那儿
听禾苗的呼吸,听风走过的声音
听天空云层里的动静
时间,正在缓慢变得沧桑
伴随一个青年的成长,土地
正在梦想里变得广阔
一个笔记本,便是一个世界
诗人在其间书写生活的咸泪
也书写他的不甘平庸
青春期的人
总是有太多仗剑天涯的梦

放风筝的人

放风筝的时候,首先
要观察周边的环境、观察树木
和那些不合时宜的电线
风筝起飞需要太多的准备
需要安装好,然后系上线轮
然后,就是等待命运的风
风筝只有在风口才会飞起
所以此时,需要以奔跑去迎接风
主动的风筝总是会更先拥有风
主动的风筝手,总会有
风筝高飞的那天。风筝手像我
举着青春待飞的风筝
在无声的田野里
一次次徒劳似的奔跑……

天空中的麦场

天空中的麦场
和天空下的麦场一样
呼呼的风声在其间作响
一两只鸟从其间穿过
形变为我笔下的文字,形变为
麦子的香气和我青春的魂
地表上的麦子在摇曳
天空中麦子状的云也在浮动
在以空气为界的两个世界里
我的思绪是其间的麦屑
风一吹,就轻轻地飞
飞到广袤的天地之外,飞到
眼泪和哀痛看不到的地方

黄昏的树林

树木在傍晚时变为黑色
粗壮的树干和纤细的枝条交错出
菱形和矩形的光
黄昏,农田里的人们少有人在意
这样寻常的景象,难以
与人们劳累的生活并论
而我却站在田间独望这树林
望其间橘黄色的光,和鸟的喧嚣
那黑色的枝条像美术课本上的画
淡或浓,都具有艺术的价值
其实我不算个诗人,当然也谈不上
什么对艺术颇有研究的作家
作为农民的儿子,我恍然意识到
这林中有暗藏的珍物
那些光在我眼眶中模糊时
我看到了父亲的身影和
他憨厚笑着的脸颊……

抢水日记

早晨刚续好的水流
不知又被谁拦截而去
站在地头等了很久,地还是没有灌满
便沿着水渠向源头走去
说是水渠,其实也算不上渠
这条细小的河经常干涸,灌溉季
才有一点水的踪迹
于是便要抢水,有时候
还要做好因此吵架的准备
庄稼人,在这件事上总少了些淳朴
每个人都在担心粮食歉收
其实,他们也没有错
幸好终于找到了断水的源头
幸好,那家男人没有真的揍我
他的妻子看我年纪小
便答应半个钟头后将水还来
我连连道谢
又一高一低地回到田中等水
后来等了一上午也没有等到水
那水又被其他人截去了……

悲秋词

这是万物变得金黄的时刻
凄厉的风,在残破的彩旗挥舞下
向我猛烈地袭来
这是秋日变得宁静的时刻
我站在田间
看辛苦的人们黝黑的脸颊
其上满是生活的诗,岁月
早已将它的种子埋入其中
以致忙碌中的人们未曾发觉
跟随时令的指引
每个人,都或多或少
老了一些,每个人
都因为秋日,在收获的喜悦后
染上一丝沉闷的气息

天知曲

▼

那时我们应以怎样的方式碰面？以眼泪
或一段江水的沉默
——《江水》

台风来的夜

新闻报道台风将来,屋内
我们为一餐火锅忙碌
择点生菜,洗净,码成绿色的山包
像太行山
绿色下埋藏灰色和黑色的石头
我们坐在桌子的两头
像初次约会的访客
台风来的夜
沉默替我们说了很多

雾霭

透过雾霭，我看到你明亮的眼睛里
有岁月沉默后的语言
它们像天上宫阙里的仙语
其间有李白杜甫
还有一首短短的歌
这是神曲，我说起你的生活
一个如素月的女人，你的青春
是翠草的颜色
在远山之中是远山
在江河之中是水流
有时候，也会是我抬头看到的月亮
你明亮地看我，说江上的雾气
和候鸟口中的无期，只不过
是上天赠予青年的爱情考验

花　束

如果时间来得及的话，我想为你
留住花间的晚霞
如果来不及，我便
写封邮件，里面藏满蜜语
和黄昏的明信片，还有一朵花
和它的花蕾

我会送你月季
一株浅粉色的干花
也许它并不惊人
但我会将它的花香，讲给你听
它不需要为人称道的美丽
就像我第一次遇见你
我们招招手
像跨越了一个世纪的重逢

情　信

天光在傍晚时分暗淡下来
就着灯光，我用暮色给你
写封跨越时间的情信

山是琥珀色的山，湖是
金沙石的色，信中
我在墨囊耗尽之前写尽思念
将三阵微风、两簇菊花
还有人间四季的烟火
赠你

故 土

踩在灵魂故土的黄叶上
我的秋天
唯有黄昏的虫在眼眶前窸窣
拿起一封信件,拆开它的灵魂
拆开我们尘封的断代史
闭上眼时
你是我独爱的妃子
而我是草的君王
云层间的一切喧闹,都是我
为爱情请来的救兵

清　晨

远山如清晨的黛瓦
在无雨的时候
山峦是我们笔下的骗客
他站在路的中间，将我的招手和
你的热泪隐藏
没有人能逃避这种清晨
逃避屋檐上鸟的舞曲
没有人能忍受
这种诗意的清晨
我们礼貌地招手
却是要验证人间的离别

信 札

若你先开口
我便会知晓你语言后的意思
知晓我们的木讷
不过是一层感性的纱
在天未亮的时候,我选择
为你写一封不算甜蜜的短信
将浪漫的词汇
全部藏在它的后背
这样我们便拥有了朋友的距离
拥有了继续聊天的勇气
拥有畅聊秋色时
你眼中芙蓉般的春水
和我木讷的笑
在湖泊中央
我们好似两具冰凉的石像

楚 巷

天空微雨,我的皮肤微凉
眼泪在目中持久,待你出现
才伺机掉落

青石板与雨,是天然乐器
谁家门口的水仙,嗔怪雨季匆匆
它如风来,如云静走
像一个诗人绅士的一生,在历史中
轻言淡淡的诗

后来我等到你,你从山后出现
在晨曦中像初霁的虹,把过去的情话
酿为账本上的陈事

泸州酒的夜色

"今晚夜色真美……"遥望远山
你说我像雄厚的酒浆,嘴角扬起时
像一条无声的江

半生中,走过无数的地方
江南的酒寡淡,北方的刺喉
唯有泸州酒,在恋人的眼中它是逸境
而泸州是其间的君王

遂打开发黄的瓶盖,隔着酒杯
我们将岁月陈酿一饮而下。喉咙滚滚
像有一万匹马的奔腾。你听
此刻窗外炊烟滚滚
此刻我们身居楼台
你红着脸对我说
"今晚酒中的夜色真美……"

泸州：因酒相逢

清晨，泸州的烟雨像恋人的嘴角
寡淡的烟垂在山上，如瓶中的酒花
分不清其间情意的真假

在泸州的街头行走
等于抚摸一位女子的肌肤
黛眉是酒
在朝阳的潋滟里
有日照金山的美丽

此刻是开口的时节，借着酒劲
一些人阔步走向窗外的人间
有些人直抒胸臆，因为酒精的作用
此刻我们都拥有新的人间

草 果

我的人间仅剩下一枚草果的呼吸,黄昏
当候鸟南飞时忘记了脚步
天边的云
漫无目的地走进山堆起的楼舍
我会,将扉页的文字重新读起,读给江
读给河流,还有你的昵称

穿越时空的船在江上行走,江边
我看你穿百褶裙向我走来
像百年前
列车走进我足下的土地。我们相逢
在雨中邂逅此生的皮囊
我会从兜中掏出
一枚草果
将它作为我与神明私定的戒指

成 都

飞机落地,接着,民谣响起
行人匆匆下机
此刻都想争做第一。唯我不想
与这座城市的匆忙不同
我想见你,想我们围在火炉前
烫烫雪域的牛羊肉
想你碰到我的惊讶
过去的多年
我们都因为沉默,而显得太过荒唐
一会儿出站,我就去买束茉莉花
在初夏的季节,它和你的百褶裙更搭
也许,应再加上两枚玉佩
横亘在我们中间时,它们拥有声响
像骨头碰撞的声音,也像
我想你时楚地天际的雷声

晚　风

面对长江，我说我们简短的眉毛
像条陌生的河。此后
我们便不用再见了，孤独会
以晚钟的身份出现，叩响我的门
从此刻开始
就让我习惯这种，单调的生活
那些陈旧的念词也不再提起
离别的终点，不过是
我们招手过后火车短暂的汽笛声

车　站

现在，我们是青山区的两粒风沙
在人间的铁道旁
为路过的时间惋惜。你说起我
鬓角的白发，像鄂南冬日的山
其间没有悠长的古道
也没有善作诗的浪子和他的
琴弦，而现在我目睹你的招手
像目睹一条河流的汹涌
在天色变得昏沉以前，车站的车
会将我眼中斑斓的未来
悄悄讲给你听

丁达尔

光会穿过我笔下的一切房屋
将远方的海洋
填平,会将世界所有的未解之谜答尽
会将我们分开,然后系上命运的红线

现在我拥有寻你的办法了,我只需
跟着红线,便可以邂逅你
以明亮的目光和坦荡的话语说
多幸运,这辈子能够遇见你

举　杯

想温酒，又怕没人举杯。只得
在寂寥的夜色里与风对饮。风干一杯
我饮一盏
古诗中说只有饮者才可以留下姓名
于是我请浩瀚的风来评判
请它发表一通关于醉酒的演讲
古诗里的人们，后来都去了何方？

我不知，风也不知
我们饮着酒看着明月
明月啊明月，我想你一定知道
知我冰凉的脊骨，和面对她时
通红的、藏满热泪的眼睛

夜晚的信

想给你写封甜蜜的信,又怕
扰乱你的清净
索性提笔一晚,只等
油墨干涸。你总说我是忙人
又怎知在天亮时候
我是什刹海旁的迎春花
萤火所至的地方
便是信中的内容
你看天边火红色的云
是我忙碌一晚的伏笔
它的开头艳丽
像我们最初遇见时那样

时间书

那时候我们认为
时间的构成像火车的笛声
没有分别
也没有说不清的长亭古道
我们杯中的酒总是饮了又满
我们笔下的诗
总是充满理想的味道

而现在我们站在月台
以决绝的手,为生活的落幕
挥动
这种叫作分别的事物
好似总是那么冰冷

深 秋

深秋的夜晚,最是让有情人迷醉
此刻我们举起酒杯
像神话中久别重逢的侠客
为西行和世间的风干杯
你口中关于时间的呢喃
此刻我听得格外有趣
像坐在岁月的转桌前,倾听
一位和蔼的老者讲话
某某年你去了西北,那里有
数不尽的山脉和丘陵
你说那儿的姑娘美丽,曾经
你也差点有个温暖的家

春熙路

在春熙路碰面,是件
极为奢侈的事情
倒不是物价太贵
而是你愿意为我穿越人海
漫无目的地寻找,而我愿意等你
这种默契,拥有人性的私有指向
我会买束其貌不扬的桔梗
它的寿命不长
花开时拥有春夏的密约
在夜晚霓虹灯下碰面
让我显得有些迟钝,此刻
我红着脸,有独属于青春的木讷

下次见你

下次见你,我们都变得轻松
老旧的墙壁比以往斑驳
时间,也仿佛比过去轻了些
你莫要揩泪,当然也不要
将那些陈旧的话重新捡起
嘈杂的人世间依旧嘈杂
沉默的人们依旧不语
其实,万事顺遂是最好
你低着头不说话
这么多年的经历便早已融入暮色
我也不必故作无所谓地开口
其实,答案我们都知道

海上钢琴师

那时我走在海滨,看滚动的海水
在灯塔的照耀下泛出
银白色的光,像你的眼睛明亮
其间有氧气鱼类和皎洁的珊瑚群
一个男子弹奏的钢琴
将我的沉思打破,他的音乐婉转
其间有肖邦的忧和莫扎特的愁
我说,这广阔的世间
为何不能给有情人一席之地
那琴师没有回应,只是节奏更快了
像初恋的舞曲,像你的性格
在飓风到来之前有静谧和
随时灿烂的双重埋伏

渔　船

黄昏时候，海上渔船宛若星辰
在海洋的腹地替
久别重逢的恋人默默叹息

就让我们，在海滨行走
此刻我不想世间的风浪和
旁人的言语
我只想你，亲爱的
我们木讷的神情好似天台上
云朵给土地的赞礼
此时，一艘渔船从我的眸海里穿过
你说其间仿佛有神明的契约

雁　阵

秋日的意味,像
你怀中尤克里里弹奏的曲
其间有雁鸟的悲鸣和秋风的声
而现在我俯在桌前
用笔书写关于你的文字
这些简单的词,拼成长长的句
一会儿,请你别嫌冗杂
我笔下的大雁见过历史的辽阔
也见过江河的波涛
这些像爱情的介质力量,和你
都是我眼中的风景

信中的褐土

夜已经深了,想为你
写封并不算太过甜腻的信,请你莫要
怪我的无礼
我不是不事先与你招呼,这是
我们北方人独特的豪迈
爱你这件事,不需要事先告知
信中,我要送你一小块褐土
这是本地的特产,其间有
叶子未腐烂的痕迹,还有我的灵魂
在这世间漂泊时
未被世俗完全同化的证明——

海的尽头是海

想写封信送往大洋彼岸,鸥鸟
是我的邮差,邮轮
会将我的思念跨越时差,赠予你
而后来我不这么想了
不想贴邮票,或是打一通
枯燥乏味的电话
我想要取一个瓶子
将信纸卷好放入其中
然后掷入大海,至于目的地
并不重要,海的尽头是海
而我思念的尽头,便是
这瓶子所漂流到的海角,若你收到
请回我以同样的漂流瓶子
目的地是天涯——

巷口处恋爱幻想

巷口处的风正将我的衣摆,为岁月
留下拂动的痕迹,邻家房屋上的茅草
也在用摇曳的姿态挥手
这是风和日丽的午后,我一人
走在这楚地砖瓦交错的巷落,想遇见
一个知我心暖的人儿
她的身姿在哪儿?我不知道
但我想与她在眼前这巷口遇见
遇见她细嫩的脸庞、皎白的皮肤
和那双会说话的眼眸,我会
从背后掏出一株桔梗吗?
在爱与被爱的人类世界里,这种
想要厮守一人的动机
总是显得,有些罗曼蒂克地慌张

知了的求爱信

你听见知了的叫声了吗？它藏在
远处的桦树林里
像羞怯的求爱骑士，正渴望着
一个穿素白裙女孩的光临
其实，蝉也有它小小的烦恼
在白桦林里它有
太多的话想要对你说
若你走进，便会看到它眼中的风景
看到它兴奋时为你翕动的翅膀
而此时飞机会划过天际
云朵也会低垂，露出温和的脸庞
若此时我化作蝉出现在你的手掌
你能不能，给我一个轻柔的吻
我保证，我的爱不止夏季——

稗子的信

想为你写信,又想起我的身份
总觉得在这田里
是低了一等。也许是自卑使然
也许是稗子就应有这样的命运
农户是不喜欢我的
麦子也是。作为稗草
我能为你写些什么,我想写风
只有它待我温柔
即使它只是偶尔出现在我的世界
便足以,让我长久地思念
所以你明白我的意图了吗?
我不想你是麦子,当然也不是风
我希望你来看看我
来时,就做个医童吧
我还有些药用的价值

随信的麦粒

想借一封信的时间
来为你讲述
我家的麦田。讲它的广阔
站在地垄上一眼望不到尽头
和露珠的清澈
还有天边云的浮动
而其实,这些并不值得提起
我想要送你一颗麦粒
夹在信封里
连同我青春面孔的笑意
和一小本诗的长短集予你,看到时
请你别嫌滑稽
我笔下的诗句有麦苗的清奇
还有为你断章过的痕迹

风有情

凛冽的风在拍打我的袖管,不知此时
你的城市,是否会有种温和的风
它有皎洁的瞳孔和恰到好处的情话
不干涩,又很温暖
会让我们忘记长江
和秋末的冰凉,它应有个代名词
叫作"相拥"
像世间痴情的男女,或
天空与海洋的交融那样
纯粹却不普通,略有波澜
却始终如一
那时天空便也有了情话
树木便也有了白发,天有情的时候
我们正在一同慢慢变老

桥的时间

前些年,我们忙碌于那些平凡的事物
忙碌于绩点,和一份无聊
但恰到好处的工作
这是我们寄生社会的法则
而现在我们有了新的生命,在享受
音乐和文学的秘境里
渐长的年纪要求
我们必须有爱的距离
我们需要,像
世间一切平凡的男女子
定制一场普通却
足够巧妙的告白仪式,然后戴上戒指
以青山和长江的名义画押
我会说些柔软的情话吧,你会点头
口中抱怨这些年的季风和雨
它们好似,寂寥的江
在桥所经过的地方计算时差

傍晚六点时分

傍晚六点时分,我笔下的诗句
已经布满阳光的触角
在静静地等候你,出现于
田垄延伸至的远方,书上说爱的人
总是会在天边出现
所以我将纸上的断章撕碎
将它们抛向有你的天边
你会热泪盈眶吗?当你看向我
稚嫩且密麻的诗句时
会不会想起我曾拿着钢笔,站在
暖绿色的麦浪中说
"下辈子,我还要遇见你"

盐碱滩上

盐碱滩上,并没有太多的风景
滩涂堆积在一起,好似肥肉
带着油光,而这沉默的盐碱滩
在海角的一边
又是鱼类难得的栖息地,鸥鸟有时
会为它停下脚步,有时候
我也想坐在这一方平坦的滩涂
身躯滋养生命,灵魂用来
等候海潮那头的来信,信中
远方的你会致我以何种问候?
莫要再提起离别,那是
人世间最浪费情感的词语——

梦庄周

我没有梦见带着彩色虹霞的蝶
也没有看到
在潭中黯然游动的鱼
我的梦是那样清澈,又充满
让人心颤的曲折
我大抵是梦见了庄周,那是一个
极为沧桑的老人
他的胡须在风中飘拂
他看向我
眼神中满是沉着的意味,像在责问
我是否责怪自己有双沉默的眼睛
可以看透事物的哀愁
却无能为力
就像我当时看着她远去的背影
伸出臂,却只是为了招手

笔下书情

想了千言万语你的眼睛
赞美你的青春,和那副易老的皮囊
如今却怎么也提不起笔
在我想到你如今所拥有这些美好的事物
是如此短暂,我开始怀疑自己
是否真的爱你
我是否只是爱慕于你的年轻
和那些为人称道的美丽
我是否足够真诚,有如泰山般
永不倒的矢志
而现在眼泪将我的纠结打破
我开始怀疑
我们所深深追求的事物,是否某一日
如爱情和婚姻般变为灰烬?

夜 思

闲来想说的话此时却不多讲
白发苍颜,说什么情深意长
我这等人间的闲客
此时独有可供取暖的地方,翻开书
温热的烛火烧灼我心
将那些关乎文学的柔软思绪
也一起烧为灰烬
这样我就没有源头去想你
这样,我的一生就变得足够澄澈
多年后的一日
人们会将我的文字彻底遗忘
那时我定不会悲伤,来人间一遭
遇见你,虽不能偕老
却也算得上幸运

追雾者

该怎样对你说出我肺腑里的地老天荒
过去的岁月,给予我们一双
历经沧桑的眼睛
予我们以沉默
让木讷的灵魂在河岸舞动
予我们以伤悲,站在生活的山峦
摇旗呐喊
此时我应当是个将军
以爱的名义对雾霭发起冲锋
当我跨过那些令人绝望的沟壑
将雾霭一扫而空
你是我眼眸里的朝阳,照亮我
拥有沉默和苍老的一生

雁　过

即将前往南方的雁告诉我
我贫瘠的半生终将完结
它愿意做我的信使代我去寻你
它愿意跨越万重青山
以琥珀色的眼眸去见你
这些话让我感动，但显然
又颇不符合我的性格
厚着脸皮去告诉你我的心意
倒不如装作万事顺遂
理性的思绪告诉我
我们没有长久的缘分，罢了
还是莫要劳烦雁子去跨越万水千山
你在的南国
山峦将文化分割出民族的特性
交错的民居是你的天地
而这些，我们曾经都憧憬过

秋　鸟

山以南草木逐渐进入秋季
枯萎的气味，和鸟类喧嚣的声音
皆被岁月染上蹉跎的气息
时隔多年，我笔下的诗句变得凄冷
苍郁的词语堆砌出梦的楼台
予人世间的河流些许凉意
予我的青春，些许沉默的斑斓
此时应当予你一封短信
纸短情长，秋鸟知晓我的哀怨
我会将草木沙沙声写入其中
将天空隐隐闪耀的晚星
也一同藏进其中
若此时你拆开我的来信，它们
便会一同藏入你的眼眸之中

滞后语

这是草木萧瑟如兵的季节
这是风声如有鹤唳的时令
我沿着长江向东
以期能逢见旧时的江水
那些沉默的话此时已难以掩藏
那些曾经幻想过的地老天荒
变得如鹤云一样轻悄
最怕此时,天空袭来一场大雨
将我的身躯冲塌
那样松软的泥土会散落一地
我心是石
滚在地表上经受风雨侵蚀
其实关于爱情
我们都曾木讷地知晓,地老天荒
只不过是暂时幻想永恒的胡话

恨晚风

其实晚风也不知道情意的真假
难辨的虚伪
和你口中成串的骗词
是我诗句为此起笔的始端
那些故纸堆里的爱情不要再提及
过去的年代
沉默和真诚一样虚伪得可贵
索性将我们麻木的缘由归于晚风
怪它在江上漂泊的寂寥
怪它于晚秋的冰凉
无法承托起我的挥手和
你眼中籀籀闪过的晚星

伤悲句

该说的，不该说的
尽归于纸上满目疮痍的文字之中
那些久违的话语
现在因为时间夭折
而我也再想不出浪漫的语句
随时间作古的爱情
和谎言，没有什么大致的区别
只记得某夜酒醉
我们批判那些别离者的爱情
并高谈幸福的阔论
怎么现在，我们如此狼狈

朝阳东路

想过无数种分别的结局
最后还是在此相见
幸好你还是穿着邂逅时的衣物
我依旧邋遢,带有些诗人的痞气
其实,这样最好
以证明过去的年代里
我们都没有因对方改变什么
而为何此刻都变得郁郁寡欢
明明出门前打好了腹稿
书中读过的词句
此刻却怎么也想不出
也许最合时宜的是
天空再下一场大雨,好让我们的
眼泪被分别时的沉默隐藏,回忆
被雨水的酸味冲刷

月下泉

在几声沉闷的雷动以后,天空
终于出现月的身影
她满怀爱意地看向我,眼中
满是胜利者耍性子的调皮
而我伸手向她靠近,以臆想
触摸她温和的脸颊
那月光织成的丝绸如此轻柔
她的皮肤,比馒头还要柔软
她的笑贴在我的心上
让我忘记
我只是这人间一眼有尽的泉
至于我们相爱的年代
总不会,被人们以历史的名义提起

水调歌头

寒风中古老先知的吟唱
如我们曾畅聊过的语言,早已变为
江上茫茫寂寥的秋色
变为,我一个人怅惘时的悲
而此时我想为你唱首古朴的辞令
以感性词句,为你的容颜歌泣
这时间的夜色充满花落的愁
狡诈和背信弃义的谎言
成为绝情者最真挚的誓言
其实这些丑陋的事物
我都不感兴趣。关于你
那些冗杂的诗句和,岁月的风沙
都不过是失望与时间作古后
感性断裂的年轮

黄昏舞曲

在江城沉默的大桥上,我不顾
车水马龙的喧闹
只想与你携手共看,这世间
并不潦草的晚霞
它们印在你的皮肤之上,它们刻在
我看向你的瞳孔中央
那呆呆看向你的神情,多么像
一万次伤悲从其间的觉醒
而现在,请让我携起你手
浪漫的话不要多讲
请你以晚霞的名义予我拥抱
请让我,以爱人的身份
走入你的怀中

凉飕飕

靠在枇杷树下想为你奏响离歌
才发现蜀中的空气里
早已飘满悲伤的愁绪
而你看向我的眼里有万种绝情
此刻让我变得心慌意乱
怪爱的真理不能长久。万事的缘由
总逃不过贪欲的鼓动
其实你也习惯这凉风般的生活
三餐不见热粥
其实这样的结果有何不好
只是离别时你别对我说抱歉的话
这样的柔情不适合爱的杀手
你足够冷漠，才会
让我对爱这种事物忘得干净

江水两岸

可惜我没有足够地年轻
陪时间虚伪的谎言随江水作古
可惜我拥有足够的沉默
来让我们在今生的相逢,显得
是那么地绝情。其实
人与人的相逢有什么值得挂念
那些两岸的兼葭
还不是每年都要换副新颜
黄昏时,我笔下的诗句失了颜色
长江大桥下的江水潺湲
随开往远方的货轮
将我此生关于浪漫的臆想,全部
带向江雾之外

东湖窄巷

青山区靠近东湖的某处角落
我的灵魂忽然变得沉重
像多了二十一克重量
压在我沉闷的心头。抬头
才发现看手机间
忽然走到我们曾相识的地方
而此刻空旷的巷落里
路灯昏暗,像小说里落寞者的结尾
为我营造出寂寥的氛围
直到我仰起头
才隐约在模糊中看到你的影子
我伸手探向路灯的光,像从前
捕捉你头顶上
那三寸爱的圣光

江风拂面时

那些悲情的谎言已经变得暗淡
过去的多年
我们都因为时间的善变
而变得愈发苍老。而现在江风拂面
我该从何与你提起从前
那些老掉牙的誓言,敌不过
江风在雨中的凛冽
故事的谜底,你总能随意拆穿
只怪我不是个天生的诗人
有制造浪漫语言的魔力,来让
时间的流逝变得缓慢
让人世间的距离,不那么长远
而现在我无能为力
尽管胸腔中垒满酸楚的话语
一开口,还是木讷地说起
"你现在,过得怎样?"

若是久长时

说什么虚伪颠倒的朝朝暮暮
理性的世界,那些迷蒙中的爱人
早已失散于理想的高地
天也不知道情愫,那些浪漫的悼词
是送给痴情者最好的结语
而爱情本身没有对错,长路漫漫
人类曾用无数的谎言堆积成爱
以验证古老先知的谎言,不是个
贫瘠的玩笑
而后来我们都错了,我们败在
那些以物质衡量成功的世俗眼光
并不会因为片刻的柔和
而放弃它们世俗的獠牙
它们吞噬爱情,它们吞噬理想
以致当我举起三克拉钻戒时
连月亮,也不相信人世间的地老天荒

致你一封关于东湖的信

你有着高挑的身材
像我眼前东湖高耸的树,有着
纤细的腰身,和摇曳的姿态
你的眼睛明亮
如清晨的东湖,在鹤云下
平静地游荡,而折出清晰的光
其实东湖的风景平常,普通人
也只是将它当作歇脚的地方
而诗人们热衷将它赞美
像故事中的情郎
笔下满是爱的远方。关于你
我和他们一样

日记本扉页

扉页你写下的瘦金体
如今还残留着
而现在我变得沉默,在本子前
变得两眼空空
过去的年代里,我们曾
想要探寻那些年轻的事物
那些脱离乏味
和人类苍老的束缚。而现在
渐至中年木讷的瞳孔使我意识到
在时间的河堤面前,没有人
能因为爱而永远年轻
就像从来没有哪句誓言,能因为爱
而变得真正地老天荒

酒桌上的演员

酒桌上,每个人都在假装健谈
其实也没什么可谈的,过去的多年
我们都变化了很多
那些儿时微小的旧事总是被一提再提
像从来都被斟满的酒杯
总是一举再举。酒过三巡
我们脸上都挂上醉意,临近中年
每个人都再不如从前那般海量
此时,请莫要提起那旧时的姑娘
那时候留下的笑话,现在想来
也觉得难堪。还是提起吧
如果她比我过得好,就让我
装成个无所谓的虚伪演员
举起杯,什么天长地久的谎言
都敌不过今宵碰掉的酒浆

黄河支流沿岸

戴着棕色的木框眼镜,于黄昏前
赶到黄河的岸边,此时风很温柔
远处婆娑的树木
像一位位和蔼的绅士,此刻最适合
为你写些不长的文字
小说太过复杂,散文又太过缠绵
其实诗歌最好
黄昏时我站在河流的身旁
看滚动的沙流向有你的远方
而我忽然想起你十八岁的模样
绑着麻花辫
像一个跃动于模糊镜框中的神
出现在我干涩的眼眶中央

云碎裂

起初是手中的酒瓶跌落在地
玻璃碎裂,迸溅出一地白色的浪花
在寂静无雨的黄昏
云的沉默,最容易让人想起旧事
想起你青涩的容颜,透着
十八岁皮肤的白皙
想你的发丝,像一万条涌动的水蛇
冲我忐忑的眸子袭来
缠住我纤细的脖颈,它正在哽咽
为你,喉咙中发出阵阵雷声
时隔多年也许你早已忘记我
也许,我们再见面时
你会穿着素色的百褶裙牵着
另一个人的手,也许云碎裂之时
我们就应当早有预料地明白
厮守,是古老先知的谎言
分别,是似是而非的常态

树林里风作响

沙沙声席卷整个树林里的世界
沙沙声将我引来
将我,一个平凡的普通的我
引入你热爱的世界
这里风景甚好,这里的绿荫
远离城市的喧嚣
适合生前的人来,适合
死后的人居住,也适合相见
或是告别。而现在你手里的竖笛
在风的呐喊声中响起,而现在
我的口风琴也悄然举起
为寂静流淌的时间,加入
一些人类嘈杂的意味,事隔多年
我不知道你笛中的曲意
而你也不知晓我头顶上生出的白发
是怎样一个衰老的人间

雨珠落下

雨落下的三分零六秒后
我头部的皮肤
率先感知到云层里的时差
我脑海中的诗句已经温习三遍
却还没有想出
该怎样为你谱下相思的曲
这时间的风依旧在刮,雨依旧在下
偶然出现的行人,似路灯下
不寻常的鬼魅
当我带着诗人冰冷的眼眸
率先走至巷口,这时我遇到一滴
落在破水盆中的雨,它似
一位处子温和的舞蹈,像十七岁那年
你翩翩而起的舞姿

镜中人

镜子中有两个人，一个是我
另一个还是我。他有些高
他有些瘦，他默默诉说着理想
他聊起历史，说着老生常谈
在这样一个寂寥的清晨
我坐在床边，看云雾折转，看
树木呼吸
看高耸的楼阁变得低矮
看自己，像梦中虚无的幻影
这并不是一个有趣的梦
并不是，值得去赞颂的事情
于是我拿起镜子，想要它粉身碎骨
镜子破碎一地
明亮如，夜空的灯盏
而我忽然想起她十八岁的模样
正出现在无数个我的瞳孔中央

好久不见

好久不见,这些年我们
都变了很多。我的胡须已经变得坚硬
蜡黄色涌上皮肤,多了些
时间的沧桑。而我依然记得
你曾为我写过的信件
那些甜腻的文字,至今读来
仍会让人想入非非
而现在我们站在城南的天桥上
过去多年,日渐衰老的年纪
将我们拉得越来越远
好似爱情
已经是很早以前的游戏了

田野中的黄昏

黄昏,逆光的视野中
一切事物都变为黑影,树林
依偎在田边
这落日昏黄的傍晚,我想要遇见
一个面带笑意的女孩
她有着,麦花一样的手掌
麦花一样的芳香,麦花一样的
看向我的明亮眼睛。而在这黄昏
我忽地遇见一个麦花般的女孩
她似镜中的明日,向我折射出
麦花一样的和煦
只等我走近,只等我揉揉眼睛看清
才发觉刚才那光,已随落日
入了深山。是不是我的思念太重
让你,以海市蜃楼的方式
曾短暂出现在我的梦里

玉 石

那就挥手,以决绝的目光对待
我们眼前平凡的彼此
我的个子不高
这都怪造物主
它让我的命运里不能拥有
你的骨骼和二十岁的脸。过了今年
我就二十三了
村里已经有说媒的了,那些
辍学工作的同龄人
是我此刻的榜样。其实
我们都在羡慕彼此,他们羡我自由
我羡他们没有别离的沉默。而现在
我们目睹一条平静的河
口袋里的玉石盒,开了又合

穿素白裙的女孩

我们上次见面是什么时候？
我已经忘记了
忘记你笑容背后的歉意，忘记你口中
麻木冰冷的词语。此刻我们站在
这寂寥草场的中央
我说你的脸庞上
有岁月闪过的痕迹
这让我想起，二十岁那年我曾
为你写过的诗。穿素白裙的女孩
你的话不多
像风吹过麦浪时的宁静，随和
是你曾赠给我的诺言
而现在你为何脸上挂满苦楚？是不是
在这世间走了一遭，才发现
还是木讷的我好？

江　水

千百年前为知己写诗的人,如今
已成为江畔的一抔沙土
而我在夜里独居高台
想借它的视野
为卿遥寄相思的月光
信上说,痴情的人会获得长久
如今我们天各一方
像不像这长江水
善于用寡淡的语言装欢。若明年
我应会成为秋末的一阵清风,借助
时令的力量去见你
那时我们应以怎样的方式碰面?以眼泪
或一段江水的沉默

烟如波

那些自烟囱中奔腾出的烟波
像一片虚拟物质的泽国
游荡在湛蓝色的天空
变为山峰、沟壑和丘陵的模样
其实这样的景象实在好看
烟在天边游荡
而我踮起脚望眼欲穿,巴不得
能在烟波中看到你的眼眸
那时你该致我以何种的温柔?
以爱的名义随性,或是
以决绝的目光分别

无礼喧闹的风

走入田野中时
无礼貌的风将我的衣摆刮起
而我看到在远方树林之旁的你
正歪着头冲我微笑
这是最好的时节,我向你跑去
而你也向我走来
我们不需要借太多的言语
或是关于前世今生的誓约
而现在我看向你的眼眸
其间有我,而这样的景象
我曾幻想过三分之一个半生

聒噪地

落日余晖通红的时候
我来到江岸散步。这里的风很悠扬
在我耳郭里发出呜呜的声响
像一位处子的低吟
予我以,片刻人间潦草的温和
过去的事物已经过去很久
而记忆还未等得及更新,便只能
以沉默冰凉的瞳孔
对一切陌生的事物致以问候
有时候,我会从摇曳的芦苇之间
探得上天遗落人间的消息
比方说,我曾见到过一位女子的眼睛
其中有与这人间,不曾相同的
带有无私和祝福的浪漫

草木皆兵

这秋日里寂寥的霞色
沉默的,似我看向你的眼睛
其间有岁月沉浮的味道
和一些伤悲事
自眼眶决堤的可能
其实故事的结局我们都清晰知晓
其实那些决绝的话语
从你口中说出之时
便丢失了重量,秋日里草木皆兵
而我们保持沉默
对于分别和人类情感的纠葛
此刻我们都显得颇为释怀

沉闷的云

云在天空闲游之时,天空也成为
牧羊者的牧场,沉默的
让世俗者衰老的眼光模糊为
雨后山间清澈的雾
这是幸福的时候,这是一支烟
无法阻隔的黄昏
我们共有幸福
和热衷于理想的事物,我们沉默
在人间的草地里
似泥藻般呼吸。其实后来者
并不会熟练提起我们的年代
爱而不得的背后
是羊群步入羊圈,而我们分散

黄土岭

列车穿过黄土岭的腹地
古旧的山峦，偶尔葱郁的树木
正以沉默的环境裹挟我心
这样的情景并不多见
此时最适合
为你写首尚且不老的诗
在青春的年纪，关于爱的起草
那些冗杂的词语难以提起
纯粹的爱语像风亲吻树的声响
我的文字在此刻变得漫长
关于一生的潦草决定
爱像山峦的堆积，在亿万年前
我就一定对你说过同样的情话
像云朵热爱土地那样……

尾迹云划过田野

其实那些潦草的词语已经不用
再重新去收集拼凑
过去的年代里
我们曾以含露的双眸故作释怀
那些关于飞机尾线的虚伪誓言
其实我们都已知晓
而此时,田边的树木在簌簌作响
日光从天空划落
映入我沉默的眼眸
时间仿佛在这一刻悄然静止
关于分别,我们以轻悄的眼泪
来面对岁月的哗然

天空蓝调时刻

这是没有星辰的时刻,这是风
也不愿再起喧嚣的时候
我的身躯裹挟夜色,走在茫茫的
田野之间
而此时世界仿佛让我
与社会失去联系,树木的静谧
和农作物上的露珠
仿佛一场被刻意编造的独幕剧
在这样的清晨,我的孤单
被远方不知名的声响挥发
从而使得整片田野被塞满沉寂
和青春,浸泡在松软的泥土里
散发出潮湿的气味
在天空的蓝调时刻
我的脑海中没有诗句
唯有一个年轻女孩的脸闪过
让我沉默的灵魂变得沉重

邂 逅

想说些风情万种的话
像缩写关于爱的单词,大概
诗这种事物最适合作为寄托
倒不是它足够精巧,也不是
我写作的技艺有多么高超
而是这种写作的起因让人着迷
像我们的相遇,总是
带有些许罗曼蒂克的诗意
而现在我翻开老旧的词典
那些关乎丘比特的寓言让人沉醉
像傍晚时天边粉嫩的云霞
再见面时,就会偷偷藏进你的脸颊

花 树

这树木应该是有个足够浪漫的学名
只是我不知晓,关于植物
我只知晓麦子和稗子的区别
知道一棵稗子
在面对流言时的无奈和伤悲
而现在我站在花树下,手中握着
一棵沾有泥土的种子
瘦弱的身躯在风中摇曳,若你看到
会给我以纯粹热忱的拥抱吗?
像一个医学生
从浪漫荒芜的人间走过
发现我还有些药用的价值

白鸽速记

广场上的白鸽随时间的蔓延飞起
转而又重新落在地表
在这座城市的中央,我独自一人
跟随时令的脚步练早操
晨雾中,孤独会偶然袭来
将我身包裹
将白鸽的足迹遮掩
将我如诗人的眼眸遮掩变空
而此时我忽然想起
那位如鸽子般白嫩的姑娘
好似在很多年前,也说过爱我
那突如其来的吻像云般轻柔

东湖，东湖

喜欢东湖清晨靛蓝色的天空
映在水中时，云朵成为恰好的留白
这样的景色实在适合多讲
适合我将它写在信上
最好再附上几张关于霞光的贺卡
看到时，请你莫要诧异
我是一个如东湖这般的青年
平静，温和，又习惯沉默
不善于与世俗交际
而其实我这样木讷的人
却有一片广阔的天空，清晨时
我怀中拥有晨露
夜晚时又拥有繁星，若你信我
我会将它们编为短暂的诗句
在爱的泽国里，悄悄讲给你听……

云霞铺在田野上

云霞铺在田野上,思念的时候
我翻开先知的古老诗句
以绝妙的语言,来对抗时间的流变
那些关于爱情的念词不用多讲
云朵它是个情郎
最会在傍晚的时候书写人间
那些粉嫩部分是它的柔情
白色又是它的纯真
关于爱情我们有太多词语
多年后被时间遗忘在故纸堆里
很少再被提起……

草种明信片

黄昏时想送你一张明信片
其间夹杂草种,和格桑的味道
收到时,请你莫怪它其貌不扬
它有植物的纯净,也有
泥土的清香
关于草原我笔下有太多的诗行
傍晚时它们尽归于江河之上
以草种的名义闪烁爱的金光
而关于爱情
若你探究我文字里的奥秘
便会发觉,其间有我们未来的诗行

风萧萧

这是草木即将枯死的季节,这是
万物变得沉寂的时刻
我出现在你的草场
琥珀色的霞光,照在我的脸上
像一幅关于思念的肖像画
印给我沉默
和诗人的睥睨眼睛
这青春的国度如此宁静
此时最适合为你写首浪漫的诗
利用风声我们臆想世界的声音
利用诗句,我们造访
自然关于爱的回音……

诉我所爱

诉说我们关于爱的舞曲

灰暗的舞厅,喧闹的人们在池中摇曳

那些虚伪的情话被轻易提起

天长地久,成为酒杯碰撞时的玩笑

其实我看到摇曳的酒花

曾在女郎的脸上摇曳

红着脸的姑娘,以温柔的目光

端起古铜色的酒浆

这是年轻人们沉醉的领地

爱情成为交谈的语序,而此时

我忽然想谈些轻松的话题

关于爱情,应当是地老天荒……

雨下了一整晚

窗外的雨下了一整晚
恰逢我的小说也已经写完
这种恰当的清晨让人满意
像是一场独幕剧的结尾
作为作者此刻我变得坦然
像小说中的主角
以麻木的眼光看向昏黄的灯光
其实关于爱情没什么主场
被爱的一方总是有恃无恐
倒不如像阵雨般变得无所事事
那些举头时盼望的地老天荒
总会偷偷藏在我的眼角
一低头,就落入孤寂的酒浆

粉色云霞

你脸颊上有两处粉红色云霞
此时正羞涩着
看向我木讷的脸
其实我并非不通世俗的情
也并非,不知晓你纯情的意
我的前半生太过冰冷
以致我常害怕温暖来袭
我一个诗人的眼睛
难以丈量你容貌的浑然天成
所以才想,用错过来作为结局
我该怎样流利地向你开口
以诉说你琉璃似的眼睛
此时最怕你的眼眶决堤
我是心软的神,总怕你
因为遇见我而染上木讷的习性

人民公园

趁霞光还没有消逝之前
我们约在人民公园的湖畔相见
我会怀抱一束其貌不扬的桔梗
而你穿着百褶裙
在霞光里脸上有粉嫩的霞
而此时我们相遇
在还未完全凋败的残荷映衬下
我看向你温和的眼睛,其间有
岁月的沉寂,以及风的足迹
其间有我书写过的长久誓言
和关于爱,我们的从前

列车穿过山岭

列车穿过山岭时,恰逢天空有雨
雨珠似壁虎从林中跳出
在窗上聚而又散
这是充满孤寂的时节,这是我
与异乡告别的季节
从江城到目的地的距离
是一千公里
也是思念无声的距离
而此时我忽然想起你,想起你
那如秋雨般稚嫩的眼睛
曾呆呆地望向我
说爱情的地老天荒,是人世间
最为真挚的玩笑

告别长江

此时你的眼睛里有岁月的泪珠
像我曾饮过的浑浊酒浆
过去的时间让我们变得沉默
你也再不如从前那般活泼
关于长江,我们曾有过许多畅想
那些亲昵的语句属于青山
也曾属于过未来希冀里的每一个人
而现在你仰头看向我
冰凉的灯光将我的灵魂洞穿
我不敢看你的眼睛
其间有江河日下的落寞
也有有情人
终不能成眷属的荒凉

钟摆在响

寂静的咖啡店内,老旧的钟摆
正在随时间的步履摇曳
其实我多么希望此刻它能够静止
多么希望,我手中你的来信
漫长到读不完的尺度
而现在我目睹雨水拍打窗户
在玻璃上碎裂为思念的水花
那关于长久誓言的破产
在此刻已蓄势待发。该怎样
向你形容我内心的复杂
该怎样让我们的故事像小说一样
拥有可供连续的始因
傍晚,暮色将我眼前的世界变得模糊
我想了又想
只听见宣告终点的钟摆
响了又响……

一个陌生女人的来信

收到你的信笺之时,一艘油轮
正从我窗外的长江驶过
暮色射入我的屋子
城市的夜灯将我的眸子占领
而我翻开你尘封的信纸,上面
满是岁月暗藏的细语
像我们曾偶然说过的玩笑话语
带有真实和罗曼蒂克的潜意识
而现在你的心意比星辰还重
透过它的米黄色
我仿佛看见你颤抖的眼眸
其间有我混沌江河的起源
和下半生,该去往何方的经幡

无语之境

别用那些虚伪的话来搪塞爱意
别用你惯用的伎俩来掩饰真诚

沉默的背后是冰冷的心
像玻璃一样碎裂一地,其实你
也知道那些话足够疼痛
却还要予我以这般的绝情
……
怪我的无能,只能相信你的语言
怪我的年轻无力,后来满头白发
也不能替代你的伤悲
是不是上天早已偷偷告诉你
幸福的前提
是将我拒于爱的门外

晋 女

该以怎样的词句来描摹你的体肤
昏黄的土地，和你历经岁月的脸颊
是那么让人揪心
而我惊艳于你倾城的容貌
温和的眼眸，和稚嫩的嘴唇
爱笑的脸蛋上
带有晋地的谦默
单单是看到便可以幻想来生
而我该如何向你致以爱的话语
当天边彩色的云朵低游
我想从人类与土地的纠葛开始说起
那些关于迁徙，关于衰老
和人类足迹的事情，曾暗示着
我们拥有共同明智的祖先

月台速写

用眼泪诠释我们的分别
这样的时刻,我们以火车站相隔
那些匆匆忙忙的旅人正在苦行
其实这样的情景我并不关心
作为这城市里即将离开的人
我的眼窝在此刻变得湿润
像有风沙藏匿其中
或是不语的情绪在此刻宣泄
以让我承认,我的离开
不过是生活偶然的一章
若下次遇见你
我们就当作随意的陌生人吧
你莫冲我挥手
我也莫要再言语那些陈腐的词

半晌空欢

在午后的日光暖房内做了个梦
梦见你偶然浮现的脸
像一艘船到来那样轻悄,不动声色
便将我心里的防线全部洞穿
这样的情景,已经忘记梦过多少
每一次,我都会陷入感情的图圈
这是静谧的午后
风正拍打我窗外的风铃
它的声音悠扬
以致我将梦中你银铃般的笑声
误作风的足迹……

结　局

其实这样的结局没有什么不好
人世间的分别
总要显得寡淡一些才好
那些道别的唱词你不用多讲
汹涌的长江
我的忧愁早已向它诉说
它归还我曾许下的誓约
让我远去后的生活
变得好过一些。一会儿列车进站
我们就彻底分别吧
其实哪有那么多的长亭古道
故事的终点，不过是我踏上列车
而你扭头
消失于我的视野之中

城市的黄昏

太阳从西部落下两分三十秒后
城南的灯光,最先亮了起来
接着是城北
然后点亮了整座城市。而现在我
沉默对待眼前的事物
觉得熟悉,又似有些陌生
在这座城市我居住了三年,我的青春
也因此与生活走散了三年
楚乐是这座城市的特色,而我
要为你弹唱一首歌
弹江汉平原的城市上的银河,弹我
一个戴着厚镜片的沉默诗人
此刻,正想为你写首青春的诗歌
你听其间的麦浪,你听月光
你听我笔下干燥的梦,多像你
曾为我偶然的回眸
其间有一小片永远的银河——

公园附近的路

公园附近的路,这里的楼
比其他地方的高了一些
这里的秋风更烈,这里的人们
步履比其他地方的匆忙
其实我欣赏于这样的风景
欣赏于红黄色的叶
在昏黄的路灯下摇曳
卷起时间的碎片,卷起黑夜
射入我凉薄的眸子里
那里有生活,那里有泪
那里有
一个陌生女人在早些年的身影

楚地伤心笔记

夜深了想为你书写离歌
才发现楚地的空气里
已经满是秋的滋味
这样的景象实在太好,我一人沉默
连笔尖也随之沉默
无端的思绪从纸张间析出
酸楚和沉闷交织在我的心头
而此时我该以何种方式
将这哀痛诉说
此时我多么希望能再见到你
看你笑时的模样,看你哭时的模样
看云层为我们泻下的天光,你曾说
它们象征着原谅

月光入眸

我的诗歌为谁而唱？
我的思绪为谁而伤？我在人间走过
又为谁而流下两行清泪？
莫道河流销魂，岸上的葭苇
已比往年长得更高
那些冰凉的月华散落其中
已丢失了光
独留我这沉默的脊骨
正在岸上书写今宵，关于爱情
史书里的人们早已用发黄纸张
将其间的恩怨写尽
我却独留悲伤，幻想爱的圣光
而为何现在我在人间游荡
终了，却发现这美好的月光
不肯为我低一次眉梢……

幸好有诗

幸好有诗
我不用再开口说太多谎话
拿起笔,便可以做个诗的浪子
诗中我足够纯情
当然也足够温和
没有人可以将我以爱的名义控诉
没有人,可以宣扬现实的眼泪
我是最纯粹的我,我的灵魂
是最纯粹的灵魂
我的诗儿为故人书写
我的曲子为故人歌唱
我没有哀伤,当然也没有慌张
爱本身就是个情郎
在诗里游荡,也在你眼里摇晃……

诗的王国

我是一个诗的国王,在自己的世界里

我的诗是傍晚河面的流波

我的爱是其间的落叶

正在游荡和腐烂中细数时间的伤

我足够沉默,面对世界

我的心境足够忐忑

我承认,我是一个谨慎的王

我承认我的懦弱

在我通过诗的眼睛看到

一个比诗还美的女子时

我的国度变得兵荒马乱,我看到

一个英勇的将军

正拿着爱的长矛冲向我

它要我这犹豫、敏感、多疑的国王

在诗的王国里驾崩……

白色的鸟群

白色的鸟群,在春日冰冷的世界里
是那么地明显
白色的鸟群,正从我眸子的东边
穿行到西边的洼地
白色的鸟群,像白皮肤的姑娘
短暂地出现在我的世界
为我留下,世间白色的圣光
我看向那浓密的丛林、虚掩的日光
和虚掩的草木
正在利用风的低吟摇曳
这让我感到沉默
当我想看到它所寄居的村落时
它便从我的背后飞出,那样子
像是在宣告爱的高贵
以及我无法飞起的平庸

东湖恋爱笔记

想在东湖未有暮色的时候与你相遇
才发现这样的想法
有些过于调皮
小孩子似的思绪总是喜欢求爱
而你有些冰冷
却又似秋日的晚风
静静地看向我时,连其间的涟漪
也会轻轻荡漾。秋日
草木因为你的注视变得金黄
而我开始向上天宣告你的美丽
以诗的名义
说我如何爱你,如何
渴望时间流逝的速度再慢一米

凌波门的黄昏

廊桥上人影憧憧，黄昏
这种难得的风景让人心动
此时是相爱的季节，最适合和
喜欢的人漫步
江上候鸟在盘旋，一些渔船
正在圈画自己的私有领地
而我，想要为你写首浪漫的小诗
当我坐在桥上面朝落日
而落日又致我以
礼貌的祝福时
请允许我，将这小诗讲给你听
我们不需知晓樱花的浪漫，也不必
为明天而有所忧愁
在丘比特的关怀下，我们有着
与候鸟所不同的生活
比方说此刻，我看向你的眼睛
而其间的凌波门正为我写下
够用一生的私有浪漫

寝室楼下

送她到寝室楼下
周遭的环境变得沉静
怀抱粉色花的她
此刻正穿过闸机与我招手
与我的木讷、紧张
和远处的星光招手
然后说"明天见"的别语
而亲爱的姑娘
你可知我的慌张
回去的路上我心晃荡
像一只醉了酒的猫跌跌撞撞
而我扭头
看到她正站在阳台
花间闪烁的光好似爱的流星

夜幕中的晚星

那时候我们走在傍晚的小吃街
在烟火气中谈论青春的话题
偶然间，忽然聊到星辰
聊到那些以光年为单位的光芒
像一对恋人的相遇，一个人
越过汹涌的人潮，然后
以纯粹的动机去爱另一个人
这种相遇有一种罗曼蒂克的意义
像天边星辰的存在
颇有宿命的感觉
而现在我牵着她柔嫩的手
感觉晚风也变得温和
我忽然意识到星星是个苍老的人
在我很小的时候
它就在等候我与她的相逢……

梧桐大道

计程车上,我们的脑袋相凑
路途的疲惫让车厢平静
眼睛直直看向窗外,刚好
经过一处满是梧桐的地方
刚好正值冬季,它们的落叶纷飞
敲打在窗上,发出淡淡
类似雨的声响
我握着她手,眼睛看向
叶所划出的时间流线,青春
迅速如野兽追逐猎物
在其中,我们略带愚昧
清纯地探寻爱的谜底
像一首苍老的诗,正面临
些许感伤的意趣
幸好此刻,我们尚且幸福
今年荆州的梧桐黄了,明年
我们去南京看看吧……

千言万语

出门前腹稿打了千万句情话
站在镜子前面苦练
还是感到呼吸的急促难以平息
去见你这件事,胜过
去翻越万水千山的准备
而现在我看到你向我走来
手中的花束却忍不住颤抖
我想要说出那些久违的情话
开口时,才意识到它们太多
需要用余生去讲

荆州的傍晚

在一个傍晚,我们步履缓慢
城市的灯光如霞
渐升起,渐退去,渐
将我们青春的容颜镌上纹理
冬日,我看你鬓角的发丝
比往常白了些
城市里,湖渐蒸腾起蛇状水雾
我们环古城散步,好似
远处几声轰隆也无所挂念
穿过雾霭,我感觉我们有了沧桑
你的笑比以往颤抖
我伴随苦笑,前方
一对老夫妻蹒跚的样子
让我们干涸的眼有了潮气

海无声

▼

我的诗是黯然的路灯光
短暂地将人们照亮,又长久地
被秋的冷寂裹藏……
——《静静的夜河》

鼓

鼓在里屋,父亲走后
关于他的一切东西都被丢掉
唯留那只鼓,每逢过节时
母亲总要拿出来看看

我常用抹布,抹净其上的灰尘
它们在日光中凌乱,其间
我看到猴子、生猪、苍狗和
一面鼓的形状

鼓是父亲的魂,也是他一生的骄傲
那年拆迁的前一夜
鼓突然破裂,冥冥中我看到
月色中站着一位面带霜色的鼓手
在树影婆娑间击鼓

沉默的扬子江

沉默的扬子江,像我沉默的父亲
他的筋骨早已融进泥土
他的身躯在人世间流动,在我脑海里
永恒地存活。扬子江
今晚的中秋节你比往常更美
月光照在你的江面
琉璃色的波光,像琉璃色的笑
正通过稀薄的尘雾向我靠近
扬子江,你的笑比往常甜了一些
你的身躯在我的眼前隐现
扬子江,若此时我喊出你的名字
你会不会冲我发出来自地下的呜咽
我问扬子江你将要去哪儿
你用远古的呜咽声对我说
"随海,随海……"

江河在夜晚变黑

江河在夜晚变黑
连同我黝黄色的皮肤,也一同
被烙上夜晚的暮影
这是月光沉寂的时候,我听见
鱼类在其间竞游
这是人们变得凝噎的时刻
一两句足够温暖的诗句
都会让作古的爱情被重新想起
幸好我已将手机静音
幸好那些偶然的思绪也被挡在耳外
思念它是个戏子
总会用月光似的冰冷的戏腔
来让故作坚强的人
破防,破防……

列车向南

列车向南,向南
离家的距离也越来越远
腿内的寒疾又重新开始颤抖
许应怪车厢内的空调太冷
其实心里,也是冰凉、冰凉
列车南下的过程中要穿过
许多小镇。土地上
有低矮的山丘,和低洼的湖
那小镇如我所居住的一样
变得遥远、遥远
肩胛上的生活变得愈发沉重
骨骼串联经络
只觉得无法言喻的酸痛
变得越来越重

成年人的世界

成年后的世界,与儿时
并不相同。责任压在肩胛上
比太行的任何一座山都要沉重
在这样山的世界里,沉默
是成年后首先学会的知识
无奈的是,我不能有孙悟空的能力
山压住了,就是压住了
没有山上的符文,当然也没有
符文掉落后
可以挣脱束缚的我。奔波
成为生活常见的风景,喘息时
总认为今天的空气
比昨天重了一些

古 巷

巷子的末尾,是我拖着行李箱
走在回家的路上。迎面
吹来的风很清澈,干净的栀子花
洁白如诗句里的仙草
在半生蹉跎后
六七十岁的我得像只蜗牛
看那些与我口音相同的孩童
看他们棕黑色的瞳孔
像我笔下曾写过的主角
站在巷口,我扭头
那一刻我终于明白人简短的一生
就像在这古巷中散步
走出去,是青春时
再回首,已是雪染双鬓

珞珈山下

自珞珈山下来
身影已逐渐缩进黄昏
在风过林声中,我独自守候着
这青春里短暂的宁静。天边云依旧
深远,有时候我望眼欲穿
欲将这东湖畔的景色,一一
摹刻为诗句。将青蛙鸣叫声,将
书卷卷折声,将我
一个平凡且甘愿为山路俯首的我
变为这山的一石、这湖的
一角。有时候
我会想起在田里
耕种一生的父亲
那时候我们没有诗句,也没有
这让人感到心空的寂静
只有归雁划过天边
星辰初上山头时,他看向我的
明亮眼睛

广埠屯的雨

这灰蒙蒙的天空下,正落着
时间碎成的眼泪。像一个
伤心的人儿
正为青春腹地的波澜
而变得热泪盈眶。空气中已经有了
初夏的气息,从楚江上来的潮水气
正将我眼前的世界覆上雾霭
覆上沉默,和远处汽车的鸣笛声
这里是广埠屯,闲暇时
我总来看看
像一位寻找历史的老者,在此
寻找我慷慨的朋友,和
他举起酒杯谈论理想时,脸颊上
所落下的银河和苦楚
酒过三巡后
我们忽然安静了下来。窗外
广埠屯在呐喊
樱花在我们的诗句里,正演绎青春
和不会凋零的谎言

黎黄陂路

那天经过黎黄陂路,在一家商店里
见到一位背有些伛偻的老者
他的面容憔悴
皱纹在其上交错出生活,和岁月
蹉跎过的痕迹,样子
很像我故去的父亲。我有些忐忑
接过他递来的商品,某一刻
我的脑海中忽然晃过
父亲曾给我讲过的民俗神话
他说人死后,那些生前善良的人
便被允许以陌生人的身份
重新见一见自己的亲人。父亲哟
如果世界上真的有例外,你能不能
为我采一朵春日的樱花
在我再次见到你时,偷偷地
别在我因思念发白的发梢……

地铁站中的灵魂

地铁站总是拥挤,沉闷的空气
让人胸腔的空间仿佛也,缩小了几寸
便只能行尸走肉般拖着帆布袋
考研的资料重如一座假山
也许是疲惫使人太过恍惚,也许是
想成为作家的情绪
有时挣脱世俗的束缚
有时我会看见许多
与我一般沉默的灵魂
他们的容颜并不重要
他们来自哪里
也不重要,作为这行程中的旅人
所有人都挤在狭小的车厢
唯有灵魂的二十一克重量,还在
证明思绪偶尔的清澈——

雪覆枝头

最喜冬日的时候择一安静地思考
太行山最好
此外还有林虑山和仙台山
其实具体去哪座山并不重要,一个人
在哪里都不嫌拥挤
雪压枝头时,是极妙的风景
像一万具干燥的骨骼
正承受岁月的重压,肩膀脆弱的
便嘎吱作响
所谓生活,不过是有的枝条活到来年
有的枝条死在现在

隧道的墙壁

隧道的墙壁上
有许多异乡者的笔记。它们或灰白
由石蜡刻下,或是彩虹色
由速干的环保漆留下
每次路过此处,都可以看到其上
所留下的文字
它们或简短,或歪扭
有时候,还要夹杂两处错别字
以说明留字的人,学问并不高深
而这夏日凉爽通风的隧道,此刻
却成为外来者的港口
他们或高歌,或用酸楚的眼泪
在墙上留下心迹
或用毯子铺在地上,别担心
梦里就是故乡

胃痛的夜

凌晨的两点三十分,胃痛发作
腹部似有一团火焰在灼
而人却难眠,拆开胃药盒
白色的药片已经用尽
最后一点希望破灭,便只能
依靠热水为药
搓手暖胃,而效果并不明显
这漫长的夜晚,一个人
蜷缩在房间的角落
窗外雨水夹杂凉风
正呼啸作响
像举着一把餐刀的恶魔,随时准备
吃掉我脑海中仅存的意志

拍戏的凌晨

墙上的钟摆已经停止摇曳
此刻房间安静,连呼吸声也要
尽可能地避免浮动
亮面纸摇曳,背面光好似
一片浮动的洋
成为房间内仅剩的动态景象
接着演员入镜,脸上尽显疲惫之态
挂满血丝的双眼和剧本相同
中年人的无奈只能扑在床上发泄
这房间里的呜呜声
像一出独具特色的舞台剧
生活在此刻
成为悲愤宣泄的始点
演员在戏中悲痛,又为何拍戏的人
脸上均挂满了银霜?是不是
生活的共情作用,让人变得沉默
而有些郁郁寡欢——

深夜,收到母亲来电

放下沉重的话筒杆
接着放下收音机
母亲的来电让房间变得喧嚣
便委托老张代替
借上厕所之由开溜。走至空荡地带
胃痛已难以忍耐
灼烧感像一条火龙向上翻涌
深夜的时候,胃病最易复发
而包中并无带药,便只能忍耐
随即接通母亲电话
她的话不多,重复的话依旧重复
却让夜晚空虚的内心,有了
一些被填补的意味
只怪对讲机中导演的喊声太过急促
罢了,赶快挂断电话
母亲,我们闲的时候再聊,别担心
我今天有记得带好胃药……

戏剧舞台

舞台上演员交错,唱词是
他们偶尔留给观众回味的印象
此外还有衣装、动作,和模糊的面孔
这台上的戏剧演员
正卖力地演绎历史的角色
张扬的依旧张扬,附和语气的
依旧卑微,像我曾在生活中
所遇到的某处真实景象
演员正持续更换,有些人退居幕后
又有些人粉墨登场
观众们依旧欢乐
只是很少有人聊起
刚才台上的演员去了何方
我沉默良久,忽然发觉这上下台的过程
好似人的一生,所谓成王败寇
不过是一场粉饰后的人生大戏

江上的图腾

夜晚,空气中还能依稀听见
轮船航运的声音
而江水未眠
随城市的装饰灯组成
一片片歪扭的霓虹
涟漪在其中游荡,而图腾从未停歇
某一刻我险些认为
它们拥有生命,正呆呆地看着我
它们是属于夜晚的生物
生于城市的繁华,死于
城市的黎明

陌生城市

这不是我的城市
这里是别人的故乡
这里的人群喧闹
这里夜晚的霓虹灯可以照透我窗
而出租房内的床嘎吱作响,而我一人
独于漫漫长夜守着寂寞
守着这城市偶然闪烁的星
有时,我也会读一读诗句
提笔时,烦恼就会消失很多
那些城市的雨声会成为
灵魂倾诉时的伴奏
比方说现在
我歪着头写诗,而腿骨的疲惫
也会消散很多……

举收音杆的人

收音杆,并不沉重
长度也不过数米,短暂举起
并不会让人感到疲惫。而最怕
角度逼仄,导演的吼声袭来
要千万小心杆体穿帮
举起杆时最好,以两手为支架
在空中架起一座钢桥
颤抖地横跨头上
而汗液持续滑落
泪眼模糊,也不敢挣扎
千万别晃动,千万别
碰到天花板上的吊灯
导演的眼睛尖锐,一不留神
生活的疲惫便会穿帮

拍戏结束后

凌晨三点,导演的一声令下
便迎来杀青时刻,拍摄合照
然后整理器材
镜头组娇贵,要放进箱子内覆上膜
而灯具更加危险,一个人
要尽力防止灯体掉落
然后将魔术腿并拢在一起,数清
滑轨节数。将沉重的钢骨扛在肩上
凌晨的夜晚,人最是疲惫
而漫长的上坡路,如在攀登
一座小山。一步,两步
却不敢抬眼向上看
乌黑的阶梯,将灵魂的重量丈量
喘息声,像天空云拂动的声响
肩膀已压出凹槽,一两点烟火星
在终点等待。母亲,此刻
请你千万不要打来电话
在陌生的城市
最怕温暖突然来袭……

农民工诗人

大桥上有许多的诗人
多来自附近工地
目的是在桥上乘凉
顺便吐吐生活的苦水,这里
没有工头,也适合抽烟
烟是黄鹤楼,与故事相配时
滋味更浓
习惯离别的人,在此刻
也开始思念故乡
而泪眼无声
那些故事听来并不罕见,而为何
听完后的人们
总会在地上用蜡笔留下一首首
朴实且夹杂咸泪的诗篇?

礁石遇雨

礁石的皮肤,被海水磨得光滑
其灵魂之上的突兀处,如今
只剩下大致的走向
这礁石如我,又如远方的灯塔
被岁月的海水浸泡,又要经
雨水的冲刷
而你又岂知我这礁石一般的人
生来沉默,又活得忐忑
一生,总没有放肆的地方
甘愿为海鸟的歇脚处,甘愿为航线
所避而远之的瘟神
在我年轻的时候,我也曾有过棱角
渴望成为一座屹立于海面的山
或是岛屿,而这些
都是很久以前的事情了

夏日海洋馆

鱼的种类多样,引诱几位
富有好奇心的孩童趴在玻璃上
看那水中浮动的世界
馆内陈设富有海洋韵味
一些人走过,又一些人走来
这些孩子的足迹却从未改变
很像我,儿时的模样
曾经我也想拥有一片大海
然后在其间,写小说
或某些刻骨铭心的篇章
而现在我胡子拉碴,一个人
带着一双冰凉的瞳孔
在异乡游荡

城市森林

烈日在灼烧青黑色的马路
从高楼玻璃幕墙上折射下来的光
正照在我的眉心,这是
城市的一处角落
这是我,一个沉默寡言的男人
在午后沉默的一刻钟
有时候在城市中散步的过程
像是丛林探险
水洼可以映出天空的云
也可以映出
探险者疲劳的背脊
弱肉强食
这是属于动物世界的法则
有时候,也属于这城市的森林——

夜深梦事

大概是过了二十岁以后,整个人
常被梦事袭扰,每至入睡时
眼前便如一幕自导的电影,或是
需通关的游戏
对其间的情节
进行如生活般的选择
写作和拍戏多年,早已知道
人类情感的真挚可以演绎
所以有时候,我厌恶这种选择
厌恶一切可以被虚拟的情感
而后来,一切都变了
我开始乐于在其间找寻生活的不同
找寻那些
幸福和令我满足的部分
像一个迷失人间的阿 Q,通过梦
来减缓些生活所给予的酸痛

渡江的船

黄昏时,整个城市的景象
都被光所稀释
山逐渐变得乌黑
树木也如水中月的倒影
开始在远方浮动。而那些岸旁的人
在凹镜片中逐渐变得模糊
最后与江岸线融为一色
融为江水和天空亲吻时,中间
衔接的部分
而现在我沉默地站在船上
作为这陌生城市的旅人
我并不属于这里,身居他乡多年
故乡也变得陌生
好似人生下来就是要做个旅客
来这世间走一遭,只为了
某个偶然幸福的瞬间——

沉默者诗章

出租屋沉默在深夜之中,烛火
照亮地下室的门扉
而这俯身低矮的人儿,此刻
正为一种叫作诗的事物而热泪盈眶
某某年,他曾登上报刊
某某年他曾领过一个文学奖项
不过这些都已经是
很久以前的事情。而现在他的灵魂
尽归于这纸上的天地,而现在
他的话越来越少
沉默成为长久的诗章
最怕雨水来袭
从地下室的窗户下灌
最怕记录理想的纸张被雨浸湿
发出霉烂的臭味——

阴雨中的麦田

这世界潦草,乌黑的水混合泥浆
浸泡在时间的洼地
此时我身上没有雨衣,也没有任何
可以遮雨的塑料
这阴郁的天气
所有的一切都被物化
鸟成为季节的信号,而我
这样一个为生活迷茫的我
正在河畔徘徊,我想如这桥一般
有沉着冷静
有粗壮的筋骨,以及
可以承受一切岁月蹉跎的勇气
而现在我木讷而沉默
在这摇曳的麦场里
我骨骼的价格和麦子一样
不过是一块一毛八一斤

寄父文稿

老爸,当你看到这封信时
说明我的文字
已有了穿越土地的力量
距我们上次见面,已近二十年
你在那边可还好
有没有遇见好看的风景,或是
有趣的人儿?若是遇见
就别牵挂我们了。其实
人的生死不过是一堵土做的墙
人大抵是需要向前看的
现在生活与从前不同了,计程车
也不需要去路口拦截,咱们家
也不再受穷了
你说如果那时你再挺一挺,是不是
生活就会有些不同?罢了
若真的再见面,你也老了
还是不见了
你黑发时的样子好看,也许上天
也不希望看见你老的模样

墓 碑

田里有几处散落的墓碑,儿时
总觉得是极恐怖的存在
只敢白日去玩
又要有朋伴陪同
后来这些坟,和父亲的
都迁到了同一处墓园
我便不再怕了
其实这也没什么可怕
那些石碑上刻下的文字,其实
不只生辰,还有怀念
不信你看年年燃烧的火纸堆
人们总是用青烟
来催出思念的白发——

拥抱麦田的人

站在风中,我张开怀抱
任由喧嚣的鸟鸣声
刺过我的周身
而风也愈加猛烈,像有意
要将我这样一个泪人吹干
将我心上的尘埃拂走
将我头顶上的阴霾,也一同吹开
这麦子摇曳的田里
我沉默地,看向那些年轻
和正在衰老的事物,并为
无法控制时间的流速而惋惜
某某年,我出生于此地
我的父亲将我举过头顶,某某年
我如诗人般沉默
我的父亲,在此地长眠

特技演员

特技演员,他的话不多
低矮的个子像豫东的山
演出是他生活的来源
(工作很简单,翻几次栅栏入水
别担心,冬天也要翻)
那是一个有雪的冬天,他站在
栅栏旁边
一跃跳入水里——像条鱼
在冰面砸出水帘。特技演员
他的身躯发抖,脸颊也变得通红
人们忧心他的胸前
——那皮肤已经磨烂
他摆摆手,只说孩子上学等着
用钱……

故友重逢

年轻时,我们曾向往无数
关于理想的词汇,向往高山和
西北的沙漠
而现在
我们举起破碎的酒杯
像两阵春末的晚风,对着明月
敬了又敬

深夜航班

头靠在窗户上,并未感觉困意
得到任何的缓解
在昏暗机舱里的人,好似
被随意拉载的货物
从一座城市,到另一座城市的距离
是一千公里
抑或是灵魂到故乡的距离
而离地几千米的天空,此刻
只剩孤独
和一个青年男人的疲惫
安全带勒得更紧,舷窗外的月亮
又分为三个。我想
它也应当是有灵魂的事物
要不然为什么
那些照在大地上的寒光,此刻也
照进了我的心房

醉与编钟乐

磬声起,久居的灰尘以纹状跃起
似风中舞动的沙,又似佳人
歌舞的生平
殿内的人声沉寂,殿外
夏雨又似掉落的梨花,为君踌躇
为君忧愁。编钟乐在响
又好似在敲打骨骼做成的箫
让人沉默
让人为这惊世的乐沉醉
又心痛。教云低下
我看见舞女肩上暗含的梅花
那是何意?那是编钟乐的哪一部分
那冬日的梅花开在我心头
像是不常见的昙花,在沉默中绽开
这编钟大抵是有着神奇的力量
叫人举杯,像饮下三条瀑布
这酒浆像是滚烫的江河,怎么我抬头
就将烛火看成了月亮?
月亮,哦月亮
若你是我抬头三尺的神明
请让酒浆浇洒我干涩的皮囊,我听见
楚江上风帆呼啸的声音,我看见

自己日渐衰老的容颜
染上了一种说不清的尴尬
那是理想与酒杯碰撞时，梦破碎
散落一地的声音

沉默的土包

麦田里有许多的小土包,每一个
都是一个故人的私有住宅
我的父亲在西边
祖父在他的东边。这田野里的土包
像一颗颗沉默的星辰
小时候最怕遇见土包,总觉得
那之下是一个幽暗的世界
而现在我走进麦田,看向其上
雨水留下的凹印
却总认为这低矮的痕迹
是父亲想我时,天因为感动
而故意留下的泪迹——

树的印记

树下玩弄叶影的小孩,已经
消失于芦苇荡之中,此刻我带着
一个诗人麻木的眼光走在
这寂寥的土地,远处夕阳
正将这土地上的一切风景燃烧
火红色的云,像父亲的脸庞
他慈爱地看着我,又像是在看
树荫下摇曳的印记
当我还是个孩子的时候
我曾相信,世界的秩序不过是
影子拼凑影子,理想拼凑理想
而高楼,只不过是理想的聚沙塔
而为何此刻的田野竟如此空旷?
为何树影落在我的脸庞上时
我竟感觉自己的灵魂
变得沉重,又两眼空空——

长江大桥

长江大桥,见证过无数人的青春
每个来到此地的人,梦都是
从这里开始
而现在阿丘坐在桥的护栏边
瓶中的酒浆倾泻一地
像他故乡金色的麦浪四处延伸
后来阿丘哭了,他说
曾经他从未相信自己的梦想
只是拼尽全力成为
这陌生城市中的一个普通人

田间闲步

雨后最喜欢在田间散步

踩松软的泥土

嗅空气中青涩的麦苗香,此时

是幸福的季节,最适合抱着画板

坐在田头看天空

看鸟群划过天际的翅膀

和一大团青灰色的云

正一点点破碎的腹。傍晚

昏黄的日光照透它的身体

洒在我的脸上

而我看到云层上有片隐匿的天空

我的父亲正在天上看我

他将云攥成拳头的模样

然后变为一滴雨

趁风吹过时,悄悄落在我的耳根

忌日文稿
——写给吾父

多年未见
我已经记不清你的容颜
究竟是何模样,你是胖了
还是瘦了,其实原先的模样最好
也不知你在那边过得好不好
你知道,我无能为力
这些年家里变了很多,村子
也已经拆迁,包括原先
你睡过的那间北屋
是我看着挖机拆掉的
如今,旧址上建了很多高楼
你喜欢的那棵杨树还在田中摇曳
如今还有工人在下面乘凉
你方便的时候可以来看看
对了,我读大学了
写了些文章,也被发表
遇见知情人时,会被人叫作作家
其实写作,也没挣到什么钱
现在条件好了,以前
咱们总羡慕城里人住的高楼
其实也没有什么好的

城市里的光太亮，抬头时
总看不见儿时你给我指的繁星
你会是天边最亮的那颗吗？
晚上我眯着眼时
你可以偷偷给我闪一下，你放心
我不告诉别人

麦 穗

跟在母亲身后,我们走进田野
黄昏,琥珀色的土地上
栽满雨后的苗

庄稼人,期待麦穗
在田间乘凉时,母亲总念叨土地
像与健谈的父亲,讨论
庄稼的耕种和收获
父亲走后,日子并不富裕
母亲常在地头哭泣,像
一株俯首的麦穗,将脸贴在田间
哀哀地叹息

江上船游

桥上站着吟诗的人,天黑前
早已失散于茫茫的人间
此时江上
只有一个拿着破旧手机的人
正一遍遍,翻看从前的录像
那时他拥有爱,拥有才华和
让世人羡慕的年轻
而现在他衔着半根香烟
那些久违的真诚早已藏于历史
那些关于相爱的蜜语
早已失散于江上的茫茫星辰中
夜深的时候
没有人在意他的哀愁
人类社会仿若在此刻静止
诗句中承诺过的赴约,正随着
一艘跨越经线的船无声向东

田间鸟的哀伤

我是一只田间低飞的鸟
有鸟类的沉默和鸟类的忧伤,我有
被岁月磨弯的翅膀
我常对生活的苦报之以歌,我想要
一所宽阔避雨的房子
我害怕流浪。而现在我只身
在田野中顺风滑翔,羽翼早已乏力
我的哀怨处于眉目之中
我无能为力。作为一只瘦小的鸟
我的生活是以稚嫩的胸脯
去温暖冰凉的秋雨
我的神情平静,也从未惧怕死亡
我的生像河畔的一枝芦苇,我的死
不过是某一个停止摇曳的秋
在风中悄无声息地夭折——

游荡的三只狗

田野中有三只狗,起初
我并未注意到它们的身影
它们从玉米秆间钻出
在大杨树下转悠后,又重新
回归到玉米田中
作为本地的闲散游民,没有人
知晓它们吃什么
也不知它们从何处来
而在有雨的夜晚,我清晰地听到
田野中有狗吠的声音
撕咬声和呜咽声
像古战场的悲鸣。翌日清晨
当我再次走入田野
其中的两只黄狗已经死去
它们的嘴角留有血迹,身躯僵硬
这些为生活死去的物种
傍晚时,会登上游荡者的餐桌

江水走了……

刚才与我畅谈理想的那片江水

去了远方……

她的低语还在我的耳畔回响

她是那么温柔,她是那么知性

她像一个比我大两岁的姐姐

眼眸中,满是生活的沉着和热爱

她告诉我要远离她

她说江水的世界很危险,她说

有理想的青年

总是受不了江水的引诱

她说我是一个很好的人

应当去爱阳光、月亮

和一切美好的事物

就是不能爱她,就是不能执拗地

想要与江水相拥

她说我这样的人,应当有

更好的未来,而不是沉入江底

而不是将身躯落入浑浊的污泥之中……

车窗外

要去远方的人,天亮前已将足迹
藏进皑皑的草荡
他们或驻足,或用
冰冷的目光注视窗外的一切
车窗在晃动
车厢尾部传来孩娃的啼声
这些不稳定的因素正在
打破他心底的平衡。在几十年前
他的祖父也是这样度过
他们从北方
将铁路贯通到南方
然后在他的啼声中
将青春泅在长江

独坐江岸的女人

一个女人坐在江岸,其实并不孤独
信中人常将武汉的江比作大海。此刻
女人的身旁拥有汪洋

她为何哭泣?想必是生活闹的鬼
在希望淤积的小小夹层里
女人是一块石
她悄悄坐在江水
与渔火的密谋衔接处
成为象征爱情的永恒信物

当我率先打破这种屏障
打破一个男人
对于一个女人的同情,我便明白
原来是一卷挂在枝头的帆布
她没有呼吸
唯有浪涛滚动的声音

老　者

暮色从西天升起，在有限街巷里
老人独守稀薄的亮色
在霞光里打捞岁月和十年前的记忆
那日孩子成婚他站在台上
口中念着祝词
和这些年生活的风雨

如今老者坐在那里
像一座坏掉的钟
风中因为寒冷发出的支吾声
像一座青山的呜咽
在暮年这种现象
已成为他眼中通红的血丝

高架线上的星辰

当暮色点起天灯的时候,我的瞳孔
也变得如猫头鹰般幽亮
川西高原腹地
和那些黑皮肤的鸟一样
我的身躯
逐渐隐匿于渐上的星光

山间的古宅
从前的故人早已不在了
他们的子孙又重新点起灯光
让昏黄的光
照亮整片山岭腹地
而我该怎样描述
这眼前江河里油彩般的光和
天地共有的灿烂
多么像我骨骼里
想为有情人书写的温软的歌

凌晨的航班

时针在我手上跳动
等候夜晚的过程
像一只猿猴在寻找毛发里的伤疤

我拖着行李箱
像搀扶一位善行的妇人
在喧闹的大厅内,这种沉闷
显得有些繁杂。人群拥挤
接着,是手机碰撞手机的声音
一些人操着外地口音,一些人低着头
像牛羊般赶路
我也是如此,作为旅途中的灵魂
此刻极需要一处休憩的地方
需要一个女人的肩膀,或
一张温暖的席梦思床

月光下的诗人

月光下的诗人,趴在木桌上
像一位优雅的钢琴手
在弹奏轻盈的银霜,白发
已经从他的两鬓伸出
眼泪落下,滴出放肆的花

而诗人无暇顾及这些
作为时间的访客,他笔下的诗
是人间不多的烟火,现在
他要将它们尽数放于纸上
某某年,那些平凡人们因为爱情悲痛
某某年
那些平凡的诗人登上报刊
某某年
月光下的诗人写下灵魂的密语
他说那些悲情的话
就留给月光下的坟墓,那些野草
会慢慢听他的细语

夜的时刻

指尖与键盘的摩擦声,席卷着
出租房内的一切
作为异乡的来客,我急需
一个温润的港湾,来短暂休憩
疲劳的神经

故人已经陆续离开了
这些年,唯一不变的是
日渐衰老的皮肤和不爱笑的脸
本着一个男人的沉默
我的身份是,小说里的匹诺曹
或静候岁月波涛的鲁滨孙

写诗的人

阿丘已经忘记
自己是从何时开始写诗的了
这些年,他的笔下有江河
有湖海,还有许多匆忙的旅人
他们是故事里的主角
在阿丘的安排下,逐渐成为单调的
意象。那天
阿丘做了一个离奇的梦,醒来
他就变了一副面孔
他说他不写诗了
这种臆想的过程
好似一个旁观者在偷偷羡慕
别人的生活

轮　渡

在船上跨越长江的时候
总感觉自己是江风的一种
寂寥地刮过江上,又沉默地从
人间走过
而我大抵早已习惯了这般境遇
那些不真诚的事物和人
是我偶然的挂念
而在这江上
人总要学会偶然的分别
那些复杂的念词不用多讲
每个人都是保持沉默的哲人

夜 深

深夜的山中
宁静的黑暗笼罩我
让我觉得脊背发冷,让我觉得
这世界满是无尽的伤悲
此刻尽归于我的心头
在黎明出现之前
我心中的赤诚早已消散
那些别离者写给时间的悼词
出现在我的耳郭
其实桌案上
已经没有什么太多
可以值得挂念的事情。人的一生
不过是无数次的伤悲过后
以千疮百孔的心,去感悟一次
奢望多年的幸福

秋日辞

秋日的山岭与往常不同
金黄的封面
一如我灵魂的底色
在此刻变得沉默又珍贵
作为远方而来的客人，我格外
珍惜这眼前的景象
像珍惜一位多年未见的老友
而以热泪，目睹其间江河的汹涌
过去的多年
渐增长的年纪让我变得易于伤感
那些往事和故者的别离
有时候正如这眼前缤纷的树
叶子随风散落，而思念也落入
茫茫无端的土地……

草木之言

秋日城外的阴雨变得轻悄
自天际滑落时,我险些认为
那些沉寂的草木正在倾颓
关于往事,关于青春
我的眼泪随雨滴落在洼地
形变为涟漪
其实这充满阴雨的世界让我沉默
无端的孤寂自空中袭来之时
我开始意识到,分别
是古老前世预订的今生
而青春的定义,便是草的哀痛
和木的离愁

背离城市

傍晚时登上江上的船
将行囊放在角落,在这城市多年
别离的时刻,终于来临
只见天际线下暮色越来越黑
静谧自心头涌上眉梢
又归于眼前笔记本的中央
我的青春,此刻正平静地躺在上面
像涟漪一样晃动,像芦苇一样
拥有轻悄的舞步和沉默
这是寂静的时刻,诗句覆盖的纸张
早已发酵出时间的黄
过去的年代
我因为太过追寻那些新鲜的事物
而忘记,故人曾为我写下的诗行
扉页那些浪漫的词句,在月光下
静静流淌……

芦苇在风中摇曳

足迹临近长江,我心中的纠结
变得又沉重了一些
鼻端处好似已能感觉到江风
它的重量拍打我面
也许它们是芦苇的卫兵
对于远道而来的客人
总是这样客气
其实这与江城没什么不同
那些自远方来的人
总会因为热情摆脱孤寂
又因为江风,而成为这城市中
足够温暖的一枝芦苇
黄昏时它们站在岸旁,风一吹
那些关于思乡的情绪
便会在夜晚前
飞抵每个出租屋的窗前

静静的夜河

沿岸蓝白色的灯光
将行人的足迹留下残影
偶然落入其间的叶,翻卷出
河流浅色的折光
这是夜晚最为安静的时刻
作为来此访问的旅人
我以沉默的眼睛注视黑暗
注视人们走过的空地
以及时间因光泽而停止的缘由
其实这样的景色我已见过许多
作为游历人间的闲者
我的诗是黯然的路灯光
短暂地将人们照亮,又长久地
被秋的冷寂裹藏……

静谧的人间

暮色中登抵山上
被风裹挟的躯体，倏忽变得沉寂
那些清冷的月光出现在我眸海
将世界的温度，降低了三度
这是人间别离的时刻，这是
我一个人，心空的时间
我走在人世间的山头
听闻草木间萧萧的风声
此时最适合读些关于拜伦的诗
关于青春，我向江河眺望
那些绵长河流所告诉的
我将告诉全世界人，告诉人们
我那光怪陆离的瞳孔
和其间闪过的，理性的光

雨落入眸子

酸楚的雨水滴入眸海
将眼泪也一同引出
在这样沉寂的傍晚
我一个人走在
寂寥空旷的巷道
以稚弱的身躯，抵挡桎梏的风
其实这样的景象已经常见
其实一个人，已习惯用逞强
来作为与世界交际的防线
夜色逐渐变深
而此时最怕思念忽然来袭
最怕一个年轻女孩的脸在脑海浮现
将我心底所有的防线洞穿，而后
独留孤寂满怀

计程车上

夜晚饮完酒回家,风自窗外灌入
身在异乡,最怕这样的情景
最怕思念的意味逐渐变深
最怕一个人,独守寂静的黑
胃部的酒浆依旧在汹涌
灼烧感向上传递
像是要将躯体桎梏于夜色
其实这样的沉寂尚且可以忍耐
作为善于用眼泪装欢的人
我早已习惯这般麻木的生活
若此时你来通温暖的电话
我心中的防线便会崩塌
形变为轻柔的风,为你的出现
在江面上留下思念的涟漪

日落的海滨

风吹过我的衣摆,将海浪
推向更远的地方
日落的海滨,我将尤克里里奏响
悠扬的乐曲在海岸边游荡
随云的足迹流向城市
给世界以音乐的轻松意趣
在这样寂静的黄昏
我像醉酒的人脚步晃荡
那些礁石在眼眶里模糊为山
那些喧嚣的水流穿过我的脚掌
我歌唱人们关于爱的文字
歌唱我脑海里的诗行
爱之城在我的歌喉里,用暮色
来为人间笼上一层浪漫的霜

路边烟酒摊

而现在我们背靠喧嚣的马路
广告塑料布透过的橙光
将我们沧桑的面孔照亮
在这样寂静的夜晚,我们提起
年轻时那些热爱的人
和那些苦苦追求不得的事
然后把酒言欢,用酒浆的辛辣
掩饰内心的酸楚
这么多年,我们都变了很多
那些曾经的幻想没有实现
每个人,都为生活而变得沉默
每个人都因为时间
鬓角惹上了霜

香樟老街

其实空荡的街巷里没有其他人
那些漫无目的的塑料袋
正沿着风的方向行走
时隔多年这里的商铺早已关门
香樟树在风中摇曳，芬芳扑鼻
将我藏于鼻腔之后的灵魂
也感染颤抖
其实这样的步行像电影结局
在思念回溯的境地里
我沉重的脚掌踩在松软的土地上
却不得不承认
那些我们曾苦苦追寻的事物和爱
比不过时间的慌乱

望秋山

金黄色的山脉在我眼前延伸
沉默的时刻
不善言语的银杏树开始摇曳
鹅黄色的叶片
落于我的诗集上
落于我缄默的诗句时
我开始想起，那些复杂的词句
或许意味着时间的蹉跎
意味着山脉的曲折和情感的纠葛
作为人类，关于爱情
我笔下的诗句总是充满被阻隔的意味
那些自肺腑间延伸出的愁闷
像江河水，在滚烫的山川中流淌
而灵魂在其间流浪

枯叶散落在地

这样一地枯黄老死的生命
在泥土上被虫类蚕食，发酵出
植物特有的尸体清香
这种味道令人感到耳目清新
又好似自然本该是这样
沿着林木的排列走向丛林深处
暗灰色的岩石藏在枯叶之下
发出沙粒摩擦的声响
这是自古就令人惆怅的秋日
这是我匆忙的视野
所深入的悲哀境地
若此时我想起你，这世界
便不会因为落叶而满是荒凉

夜行船

长江上黯然游动的船
携时间的潮水向东
像一个巨人挺着沉默的背脊
在夜晚默默苦行
其实我们都知道它的虔诚
那有如这里普通人们的身影
渐老、倔强,又充满对岁月的不屈
我该祝福他们吗?
在生活沉闷的泥沼里
每艘船,都有自己的哀愁

夜晚的酒

如今,我们已经没了当年的容颜
日渐生长的中年情绪,让夜晚
变得漫长又寒冷
所以需要故人斟好的酒浆
以温暖我们冰凉的体肤
风中,我说:"我们都老了"
你没有说话,只是笑笑
好像这样就可以回到当初
回不去了,我说
夜晚我们举起酒杯相碰,玻璃碎时①
我听见梦的声音

---

① 参考北岛的《波兰来客》所作。

人间便利店

傍晚七点零五分
我走进一家便利店
没有看人,便从架子上取下饮料
忽然有人喊我,我回过头,
发现是位老翁,他白发苍苍
却和我长得相似
我遂从包中拿出父亲的照片
发现二人很相似。有些低落
又有些兴奋,或许冥冥中的缘分
在人间,我又遇见了他
那个在我很小时
便偷偷离去的小气老头

晚风里的麦香

麦香是精酿的独有味道,此时
阿丘坐在一家大排档的板凳上
向胃部灌着汹涌的酒浆
也许,他是在浇灌发霉的理想
浇灌自己疲惫的躯体,和其间
未曾有过的青春味道
生活,好似与电视剧里的内容
并不相同。后来阿丘站起
踉跄的样子像一座行走的山
在月光铺成的银河路上,摇摇晃晃
他举起湛绿色酒瓶,却恍惚
摔倒在干燥的田里
麦子簇拥着他的脑袋,像要将
这倾倒的醉人掩埋
此外还包括汹涌的酒浆,此刻他们
都回到了最初的故乡……

游 荡

我像一只塑料袋在街巷穿梭
偌大的城市,广阔的夜
此刻属于我的
仅有口袋里的半包香烟
微弱的火星在薄夜里若隐若现
沉默的灵魂像空气一样沉闷
喘息声比脚步更沉重
像我第一次见到她
那时我感觉世界都在喘息
我感觉我的世界发生了倾倒
河流在天上
水游荡在星光中央
若此时在巷口拐角处
我能再次见她
我该以何种模样说话
以忐忑,还是酒浆的沉默……

台灯下的诗人

夜已深,雨水在窗户上留下水痕
在这天空的伤心时刻
一个诗人,拖着疲惫的躯体打开门
又坐在早已过时的电脑桌前
而此刻房间内的寂静
令他疲惫的心,有了一丝静意
于是打开电脑,低矮的键盘
好似一座座俯首的山,此刻
台灯下的诗人变得沉默
他麻木的思绪被物化为诗句
寄放在无人问津的文档内。其实
这其中的多数作品并不会登上报刊
其实有时候写诗,也是在
解救寄居于陌生城市的偶然孤独

东屋记忆

父亲是在那间东屋里死去的
我再见到他时
房间里已经围了很多人
父亲躺在地上,呕吐物遍布在地
一个曾经健壮的男人
以这样的方式停止了呼吸
我看向他僵硬的脸庞
感到恐惧,又忍不住哭泣
尽管我不知道发生了什么
却依然从人们口中
得知一个事情的真相
我就要失去父亲了,火里
有一台通往天堂的电梯

梅 雨

已经到了梅雨季节
所有的一切
都仿佛沾染了世间的潮气
变得发霉、腐烂
酵出灵魂腐朽的意味,随鼻腔
落入我麻木不仁的脑壳里。这是
成年所必要经历的过程
这是一个外来者的江城,当我
带着沉默去看头顶上高大的灌木
它的身躯下
竹子早已被岁月压弯了腰
林中,雨雾似朦胧的瘴气
正吸引我的深入
像故事中灵魂的终点
当我一个人
带着成年的瞳孔走入林中时,才看到
鸟类耸立的毛发和
一个男人带着忧郁的脸。正在
苦苦念着楚辞……

大 梦

幸好我们只是在梦里相遇
若是换个世界
在单位门口,或者小区里
我都不敢喊出你的名字
幸好你的打扮依旧素雅,长发披肩
像棵柳一样地拂动
像从前那般地动人
好在这么多年
我的审美也没有什么改变
这是在梦中吗?我想肯定是的
但我不想醒来
不醒来就是真实的,醒来
就是一场新的梦。你说
遇见你这件事
是不是也是一场梦

背靠车厢的人

背靠车厢,我的腿更麻了一些
从脚掌间钻出的疼痛
正顺着小腿向上翻涌
我感觉劳累,眼皮也总是沉重
需要一个红色的千斤顶
来顶住藏满生活的眼睛
需要一些晃动
来适应车厢的摇动
需要一个人的沉默,适应生活
也适应一个普通人的一生

焦虑的夜晚

失眠的夜晚,躺在床上辗转
始终没有困意
焦虑所引发的胃部汹涌,正促使
辛辣的胃浆向上翻涌
我有些难过,眼泪脱出眼眶
那些悲伤的情绪席卷我心
也席卷这茫茫的夜晚
令我感到一个人的孤寂
在一个不属于我的陌生城市
我下床坐到电脑桌前
翻出一片胃药吃下,翻开书
带着农村孩子朴质的瞳孔
我忍着泪,将书上的内容
一读再读……

烟 客

风是个烟客
风是我在陌生城市最好的朋伴
风足够轻柔,又足够体贴
每当我为琐屑的事物心情烦躁
风便会出现在我的身旁
吹我松软的耳垂
拂我散乱的胡须,风
是我孤单时最好的挚友
有时候它会陪我抽烟,曾经
我们都不会
后来烦事多了,也就会了
有时候风抽一半
我也抽一半,后来我们都笑了
在武汉入秋的夜里
我们都因为苦笑而变得苍老……

两副面孔

不知自己是何时有这样的性格
也许是从屡次的失望开始
一个人，有两副面孔
外在的乐观用以社会的交际
用以学习、工作
用以实践和探究社会的法则
内在的沉默，像一块冰
清冷的长夜是我的私属，沉寂
比任何的声响都要震耳
有时候我也不知我怎么了，有时候
我也不知我在想些什么
我渴求那些我得不到的事物
而将悲伤，长久地禁锢于心
我长久地在人世间游走，像一朵
可以被随意捏造的云
我站在风里酣畅淋漓地呼吸
我站在雨里，任由眼泪肆迹……

云

想做一朵云，穿梭在
故乡和理想的城市之间
该下雨的时候就下
该放晴的时候就放晴，做一朵云
总好比做一种生物
不需要有生活的烦恼，当然
也没有理想这种无聊的事物
我生于工厂的冷却塔，我死于
一次又一次人间的阴雨
我是工业时代最后的一滴眼泪

夜 湖

夜晚在湖泊边的一户人家暂住
累了就出门
抽一支不算太长的烟
嗅空中苦涩的泥土香气,品味
月光在湖面画下的柔波
像衰老的历史鳞片
残卷,在我烟雾的卷折之间
此时我忽然想投下一个漂流瓶
想了很久,却不知该写何内容
该寄给谁呢
这茫茫的人世间
万物都将离我而去
我又能将谁短暂地留住
落花不属于我,湖水也不属于我
其实有时候
连我也不属于我……

迷离之夜

无数次告诉自己要坚强
无数次，告诉自己不太累时
不要登上那张悬空的床
那里有悲伤、孤寂
有泪水混合情绪的酸痛
那里暗藏一只令人发慌的野兽
会蚕食我脑海中的理性部分
可我太困了
可我不想去其他的地方睡觉
我贪恋于那种悲伤，或许
是我的灵魂需要那种无力的宣泄
一个小人物的悲哀，只能
藏在窄小的被子里
在长夜，以类哮喘的低吟做伴
只能以沉默
来对抗理性混合感性时的烦

钢琴乐

大学里老旧的教室内,有一台
老旧的钢琴,上面满是灰尘
部分按键已经发不出声响
却让我痴痴地着迷
那空气里的陈味、潮湿
裹挟着阴冷,像这房间过去的年代
正在我的鼻腔内打转
正在,吸引我僵硬地走到琴前
按下那从历史中传来的声响
我不懂钢琴,又好像很多年前
简单学过一些
我没有谱子,抬眼时
又在房间的每一处墙上都看到乐谱
我闭上眼,这样乐谱就更加清晰
那天我像一个癫狂的音乐家
尽情地在失音与喧嚣之间穿梭
忽然我看到脑海中
一头黑白色的狼出现,它很果断
便咬碎了我悲情的年代……

舵 手

站在通往江对岸的船上
感觉今夜的风,比往常更冷
甲板也比过去更小
我翻开一本古老的诗文选集
企图从其间发现些许答案
想了很久,却没有很好的问题
并深深为自己的木讷感到悲伤
我站在西风凛冽的河上
任由江风拍打我散乱的鬓发
那些银白的部分此刻更白
像诗句里九州的银霜
我流着泪,却保持沉默
我的魂魄留在过去的年代
我的身躯,在人世间的河流里游荡
我流着泪,一忍再忍
向青山举起手时
才发现这无限的孤寂没有来路……

作　别

冲山野间翻卷的云霞挥一挥手
冲古老神秘暗流涌动的长江
挥一挥我肉白的手掌
那些过去年代的悲愤暗藏其中
那些衰老、苦寒的意味
已顺着年龄的褪色蓄势待发
我的皮肤比过去多了松弛
我的眼角下垂，一些光
不知何时从其间褪向太阳
面向落日的余光，我惊醒于一个
平平无奇的时刻
那时我忽然想起一位许久未见的人
她在日光里冲我笑着
又冲我招手
说那冰冷的江水比骨骼更冰
说我们之间的距离，比人间更冷……

致读者：一个理想主义者的独白

亲爱的读者朋友：

　　见字如晤，展信舒颜。感谢您阅读我人生的第一本诗集《随海》，下面让我们用不长的时间，聊一聊这本书，以及它背后的故事。

　　首先从这本书的书名说起。它是以我父亲的名字所命名的，他已在多年前离开人世。在最初联系出版社之前，我曾思考过很多的书名，却发觉哪种都代替不了我父亲的名字。原因有二，一是随着年深日久，父亲的容颜在记忆里逐渐模糊，这让我感到害怕。儿时我曾听到过一种乡俗中的观点，那便是人死后，在另一个世界依然存活，若是尚在人世的人们将他遗忘，他才会彻底地魂飞魄散。这定然是假的，却也有些道理，宇宙断然是没有另一个世界的，但人来世间一遭，若是真正被遗忘，又怎不能说是另一种意义上的死亡？所以原因之一，是希望让吾父在这世间被铭记得久些，或者是以另一种方式活着。二是，若上天真的有情有义，冥冥之中父亲能看到我的文字，我希望以此书来让他看到我在青春时期的思考，和我追求梦想时所进行的文学创作。尽管我一直是坚定的唯物主义者，但关于亲情，却幻想能有一次例外的机会。

　　父亲离世之时，我的家境尚且贫寒，满院的荒草和生锈的铁门是我家院落给人的印象。在那样的环境之中，母亲将我和三个胞姐一齐抚养长大，鼓励我们读书，并教育我们，培养出健全的品德，和面对生活困难时不屈的意志。也正是在这样的环境之下，我们从贫穷中逐渐挣扎出来,并坚信唯有靠自己的双手,才可以改变自己的生活。

父亲走后的年月里,家境的贫寒和由此带来的自卑,席卷了我的童年。那时我从未想过以后,也许想过,但发现未来其实并没有什么可供憧憬的部分。于是我按部就班,成绩也并不优秀,以至于旁人皆赞同我的平庸,而忘记幼小的身躯,尚可以拥有巨大的潜力。

我是从什么时候开始爱上写作的?大抵是小学了。至今仍清晰地记得,我将自己写好的作文拿给母亲看,那时她正在家里开的移动营业厅里忙工作,但还是拿起我的文字看了又看,然后激动地读起来,并打电话给亲戚分享。母亲是1960年代生人,年轻时因为没有钱而被迫辍学,后来大半生都在田地里耕种。所以她格外重视教育,并常对那些凭借读书改变命运的人报以羡慕,她希望我有朝一日可以成为握笔杆子的人,去书写生活,书写苦难和苦难背后的希望。

母亲一直认为我有成为作家的潜力,所以在她的希冀之下,我先后创作了很多的文字,这些由青春思绪所组成的文字,完全离不开母亲的影响。儿时我并没有太多的课外读物,是母亲给予我启蒙,她的口中总是有讲不完的故事,那些杂糅生死、恩怨、情感和鬼神的故事源于乡俗,也源于她衷于创造的思绪。

在阅读和创作的常年积累下,我于高考毕业后开始投稿。其间充满坎坷,一次次投稿的失利让我开始明白成为作家之艰难,故多次对自己产生怀疑。但母亲总是坚定地相信,我会成为一个作家,而且是一个很好的作家。也许是我的诚恳感动了上天,也许是幸运之神青睐于我的热忱,后来我的作品逐渐登上报刊,如《人民文学》《青年文摘》《诗刊》《当代》《作品》《星星》《星火》《草原》《飞天》《草堂》《青春》《散文诗》《江南诗》《南方文学》等。一路写来，是各位文学前辈对青年人的关照，让我的青春之诗，有了发表的机会。感谢母亲时时刻刻对我的鼓励，今时或往后我若有所成绩，皆离不开母亲的教诲。

  我将这部诗集分为了三个部分，分别是"鹤云游""天知曲""海无声"，三部分各有侧重，又如生活一般，颇有关联。"鹤云游"主要记述成长中的思考，关于亲情和童年的思索，大致归于这一栏目。"天知曲"主要包括爱情诗，或是对世间浪漫事物的记述和创造。"海无声"主要包含对先父的悼念，或是书写面对生活之现实的沉默时刻。

  需要说明的是，因为我的年纪尚轻，阅历难以企及成熟的诗人们，若读来有青涩之意，还望海涵。另此书中部分诗作有虚构成分，是为开拓创作视野的练笔之作，也望一并包涵。谨以此书作为我青春的一个小结，也是为之后的蓄力奋发所作的铺垫。

  最后，感谢我的父母，及一直以来支持我创作的各位师友；感谢你，我的读者，愿我们在文学的江湖里，后会有期！

李天奇

2024 年 7 月 23 日夜